Sonya
ソーニャ文庫

背徳の恋の旋律

光月海愛

JN132329

イースト・プレス

contents

プロローグ

東の国の神話では、人の罪をあぶり出すために、よく火が用いられるという。

突如現れた火柱が、情欲に溺れた男や物欲に塗れた女を焼き払い、そこには無実の者だけが残る。

目の前で夢中になって踊る貴族たちを見て、ギュンターはその話を思い出した。色鮮やかなイヴニングドレスを纏った貴婦人たちは、蝶というより自ら火に飛び込んでゆく蛾のように見える。

「舞踏会で踊らないなんて、老いぼれと壁の花くらいだぞ」

軍の仲間にからかわれても、ギュンターは汗だくの男女を冷ややかな目で眺めて、酒をたしなむだけだ。

——呑気な連中だ。まだ戦も終わっていないのに。

同じように堕落したくなくて、あえて浮かれた連中に交じらないようにしているのに、この国では珍しい黒髪と長身のせいで、ギュンターは女性たちの目を引いていた。

扇(おうぎ)を使って誘う貴婦人もいたが、気づかない振りで無視をする。

「あのヴィオラを弾いている美女は誰だ？」

休憩中の参加者たちが、舞曲を演奏している楽団の方を見て感嘆の声を漏(も)らしていた。

ギュンターもそちらを見て、思わず一人の女に見入ってしまう。

白い肌を際立たせる漆黒の髪、採(と)れたてのチェリーのような赤い唇、目鼻立ちは小ぶりながら愛くるしい。落ち着いた紫紺色のドレスを纏っているのに人目を引くのは、細身ながら胸が豊かで腰が細くメリハリがあるためだろう。

けれど、ギュンターが注目したのは艶やかな容姿だけではない。

独奏で際立つヴィオラの腕前。あの若さで名人(ヴィルトゥオーソ)の域だ。

——似ている……。それに、どこかで見た事があるような……。

認めたくはなかったが、記憶から消えない〝ある女〟と重なって懐かしくさえあった。

しかし、その〝ある女〟の残像は、決して自分を見る事は無い。

虚(むな)しい記憶が、ヴィオラ奏者の女への視線を余計に熱くさせる。

——あの女を俺のものにしたい。

けれども、夫人を品評する声がギュンターの欲求をかき消した。

「あの美女は、あそこでカードゲームをしているステファン伯爵の奥方らしいぞ」

「まさに美女と野獣夫妻だな」

「あの身体……今夜だけでも、うちのと取り替えたい」

――なんだ、結婚していたのか……。

自分が独占欲の強い人間だとわかっているからこそ、ギュンターは結婚している女には関わらないようにしていた。

一曲終わると、うら若きステファン伯爵夫人は別の演奏者と入れ替わり、噂話やゲームに興じるギュンターたちの方へ歩み寄って来た。

滲み出る色香がそうさせるのか、彼女が歩くだけで周辺に居る者すべてが振り返る。

白いうなじも、そこから繋がるなだらかな肩のラインも、歩くたびに揺れる胸元も、あまりに艶めかしかった。

――見てはいけない。所詮、あれは他人の女だ。

葛藤していたギュンターも、自分の傍を通る夫人をつい、視線で追ってしまった。

その時、夫人もギュンターを見た。

つぶらな瞳と、鋭い眼光が重なる。

近くで見ると、茶色いトルマリンのように輝く彼女の目は、何か言いたげにも見え、深い色の瞳孔に、意識まで吸い込まれそうになる。

――は。俺は何をしている。見とれすぎだ。

慌てて目を逸らしたせいで、ギュンターは手に持っていたグラスの酒を零してしまった。

琥珀色の液体がギュンターの軍服と足元を僅かに濡らす。

「大丈夫ですか？」

それに気がついた夫人は、舞踏会の場にはそぐわない拍車付きブーツを履いたギュンターの足元に視線を移し、すぐに自身が持っていたハンカチーフを差し出した。レースで縁取られた純白の布からは、仄かに甘い香りが漂う。香水とは違う自然な芳香。

――これは、この人そのものの香りだ。

ハンカチーフを汚してしまうのを躊躇ったギュンターは、

「ありがとう、大丈夫です」

と、不器用な笑みで礼だけを言った。声が微かに掠れ、動揺が表れたようで恥ずかしい。

「では……」

微笑む夫人は、優雅でありながら幼さの残る顔に相応しく、その声も可愛らしかった。

ドレスを軽く摘まみ、カーテシーをして去って行く。

仕草の一つひとつが繊細であるのに華麗。

その夫人の後を追い、貴族が群がる。

舞踏会のダンスの中で唯一、女性が相手を選べるダンスであるマズルカの前になると、夫のある身でありながら、彼女は色んな男たちに誘われていた。その中には、芸術家や著名な記者もいて、断られても握手を強く求める愚か者もいた。

しかし彼女は、伯爵夫人らしく丁寧に笑顔を添えて応えている。

――乗るのか？

様子を見守りながら、ギュンターはふと、自身の手袋が汗で濡れている事に気がついた。

なぜ、既婚者の女相手にこんなに苛々しているのか、自分でもわからない。

思わず、一歩、夫人の方へ近づきかけて、カツン！　と冷たく響く己の踵の音でハッと我に返る。

――行ってどうする？　ダンスにでも誘うつもりか？

それは、不貞を許さない自身のモラルに反する行為だ。

わかっているのに。

目は、まだ夫人の姿を追って、欲望との間で葛藤していた。

第一章　不幸な結婚

「ナーシャ、上着を着なさい。今日は音楽会があるよ」

優しい声で父が呼ぶ。

「はぁい」

部屋で弟妹たちと遊んでいたナーシャは、父の言う通り、ワンピースドレスの上に母が出してくれたローブを羽織って、差し出す父の手を握った。

「寒くないかい？」

「はい、お父様」

十二月。外の空気は冷たく、時折雪のちらつく中で、手袋越しに父の温かさが伝わってくる。幼いナーシャは父を一人占めしている事が嬉しくて、つい、歌を口ずさんだ。

「ナーシャは歌が上手だね。低音も高音も、ちゃんと音程がとれている。きっと才能があるんだろうな」

父は大袈裟（おおげさ）なくらい、まだ五歳のナーシャを褒（ほ）め称えた。可能性を褒めて伸ばそうと思ったのかもしれない。貴族の娘に高すぎる教養は不要だと言われている中で、父は逆の考えを持つ人だった。

この頃、まだ公開演奏会は珍しく、ごくたまに開催される慈善演奏会に足を運ばない限り、音楽に触れる機会は少なかった。

しかしこの日、二人が赴いた劇場では有名な楽団が演奏するらしく、その告知を聞いた町中の人間が集まっていた。といっても、慈善演奏会ではないため、入場料はとても高く、客はナーシャのような貴族や富裕層が主だった。

「お父様、あの女の人が持っている楽器はなぁに？」

舞台で演奏する楽団員を見て、ナーシャは小声で父に尋ねた。

「どの女の人だい？」

「あの、髪が黒くて赤いドレスの人」

「あぁ、あの人が弾いているのはヴィオラだよ」

音楽やオペラを見聞きするのは好きだったが、楽器に興味を持ったのは初めてだった。

この演奏会で披露するほとんどの曲を作ったのが、その赤いドレスの女性であり、ヴィオラ独奏が多かったせいか、子供ながらに自然とそれに目が行った。

何より、とても綺麗な大人の女性だった。ナーシャと同じ髪の色、演奏中は伏せ目がちであるものの、時折見上げる目は大きく凛々しい。遠目で眺めても華やかそのものだ。

五歳の少女に〝妖艶〟という語彙はなかったけれど、一つの楽器に関心を抱かせるには十分な力を放つ音楽家だった。

「まぁ、こんな高価な物をナーシャに買ってこられたのですか？」

後日、母が目を瞠るほどの値打ちのあるヴィオラが、父からナーシャへ手渡された。母は父とは違い、女子は家庭を守るもので、いつかそれなりの貴族のもとへ嫁に行ければ良いと考える女性だった。だからナーシャが音楽を習う事に反対していたが、「教養こそが財産」だと、父は宮廷楽師を招いてナーシャにレッスンを受けさせた。

ナーシャは嬉しかった。

父の思いも、跡継ぎとして尊重される弟にさえ与えられなかった〝音楽〟が自分の手元にある事も。

演奏していると、その曲の背景や情緒に感情移入し、物静かな自分から脱け出せる。

自分が唯一、個性を発揮できる術がヴィオラであると信じて疑わなかった。

だから、そんな大切なものを同時に失くす時が来るなんて、思いもしなかった。

それからおよそ十年。

戦地から戻って来た父の亡骸を見て、ナーシャは言葉を失った。

両耳がそぎ落とされていた上、衣類も剝ぎ取られて裸同然だったからだ。

短い悲鳴を上げ、母は気絶しそうになった。ナーシャは弟妹たちに父の無残な最期を見せまいと手で目を覆い隠したが、その指先は恐怖で震えていた。

――お父様、こんなお姿に……。

あれほど大きく温かった手は灰色に変化し、干からびて細くなっていた。

「……ビルト兵は、こうやって敵の遺体を辱めるのです」

修道院まで遺体を運んで来てくれた部隊の指揮官が悔しそうに話した。

ビルトとは、このルトギニアに隣接する軍事大国で、ここ数年で力をつけて、侵略してくるようになっていた。ウォンチニスキ家を含む国境にある地方貴族の領土を奪い、貧困へと追いつめている。

こうした状況で、ビルト国へと寝返る貴族が増える中、愛国心の強かった父は義勇軍に入り、ルトギニアのために戦争に参加していた。

「お父上は、満足な武器を持たない一般の民を守るために、我が身を盾に散られました。とても偉大な最期でした……」

指揮官の報告に母は泣き崩れ、ナーシャは幼い弟妹を抱き締めたまま唇を引き結んだ。

――偉大……。確かにそう。でも、生き抜いてほしかった。いくら貴族の責任があるとはいえ、死にに行くようなことをするなんて。でも……。

「……せめて」

やっと出たナーシャの声は消え入りそうだった。

「せめて、お父様の身体が帰ってきて良かった……」

家族の手前、長女としてなんとか気丈に振る舞うものの、先行きが不安で仕方なかった。

義勇軍になるのは、見返りを求めずに国のために戦う兵士たちだ。戦のためにその身体を傷つけても、たとえ失っても、財政難の国からの補償は皆無に等しい。

戦地から戻ったら農業に従事しようと、父は本気で言っていた。一方、母は歳を重ねても生粋のお嬢様で、労働には無縁の人だ。

――お父様が居なくなったら、この家はどうなってしまうの？

その不安は現実のものとなった。


遺体埋葬直後、指揮官と入れ替わるように、父の訃報（ふほう）を聞きつけた親族や、かつて領内で雇っていた聖職者や法律家が、借金の返済を求めにやってきた。

「まさか、ただ働きさせるつもりじゃないだろうね!?」

「領民の生活を守るのが領主の義務だろ！」

決して奢侈（しゃし）に明け暮れていたわけでもないのに、先の理由でウォンチニスキ家は破産寸前だった。

父が戦死する前に、金目の家財はほとんど売り払い、生活費に充（あ）てていたため、返済の当てはない。

だが、そんな途方に暮れるナーシャたちの前に一人の男が現れた。ステファン伯爵だ。

大土地所有者で、自身の領地に大きな商業施設や研究施設を持つ資産家だった。

亡き父への弔辞（ちょうじ）を軽く述べた後、ステファン伯爵は、ナーシャの母にある申し出をした。

「あなた方の借金を肩代わりする事を条件に、お嬢さんを妻にしたい」

「え……」

母の傍でそれを聞いていたナーシャは目の前が真っ暗になった気がした。

こんな没落した貴族の娘を、身分も経済力も申し分のない男性が引き受けてくれる。しかも、家の借金まで肩代わりをしてくれるという。これを拒む愚者はいないだろう。むしろ喜ぶべきことだ。

実際母も、伯爵に同伴した弁護士に婚前契約書を見せられ満足気に頷(うなず)いている。母は父が亡くなって以来初めて、皆の前で笑顔を見せた。

それでもナーシャが喜べなかったのは、ステファン伯爵の年齢があまりにも上だったからだ。

五十五歳。

十六歳になったばかりのナーシャとは、亡くなった父よりも離れていた。

――このような方と夫婦になるなんて……。

結婚したら子供を沢山授かって賑やかな家庭を築くものだと考えていたから、夫になる男性の年齢は気になった。

「この地方で一番の美女と結婚できるなら、全財産を投げ売っても惜しくはないよ」

その言葉が嘘臭いとは言わないけれど、伯爵の表情には、今から妻になる女への情熱はまるで感じられなかった。

若い頃に前妻を亡くしたが、その後、特に放蕩者(ほうとうもの)の噂があるわけでもない。決して美男子ではないが、酷く不細工という事もない。

——財力も、年相応の品もあるお方が、なぜ長い間再婚をしなかったのかしら？

不可解な顔で返事をしないナーシャの気持ちを察したのか、伯爵は外の御者にある物を持って来させた。

ずっと俯き加減だったナーシャの顎が上がったのを見据えると、伯爵は笑みを見せて言う。

「貴女が以前、泣く泣く手放したウォークリー製のヴィオラだ。結婚したら好きなだけ弾いたらいい。私は芸術に秀でた女性が好みなのだよ」

それは、ずっと以前、父がナーシャに買い与えてくれたものだった。ケースに付いてしまった傷からしても間違いない。世界に二つとない宝物だ。

質屋に入れたのを買い取ってくれたらしい。自然と胸に込み上げてくるものがあった。

「……楽団に復帰しても……？」

ナーシャの問いに、ステファン伯爵は大きく頷く。

ナーシャは、すっかり物侘しくなった部屋と、やつれた母、ほつれた服を着る弟たち、世界に数十挺もないと言われる楽器をそれぞれ見つめて、一度目を閉じ、決意した。

このまま運命に従おう、と。

＊　＊　＊

長い間、勝利を収める事ができなかったルトギニアが、南部での防衛戦で大勝利を収めた。二万人にも満たない兵数で六万人の兵を擁するビルト国を打ち破ったのだ。その報せはルトギニア国民を大いに賑わせていた。

この時の最高司令官は国王のクワディワフであったが、実際に兵を指揮していたのは、彼の庶子で、陸軍少尉のギュンター・フォン・ウランゲルだった。この功績は彼の名と実力を世に知らしめた。

そのギュンター率いる国軍がナーシャの住む町を訪れたのは、彼女の結婚から一年が経った頃の事だった。

戦地から王都へ帰還途中の英雄の姿を一目見ようと、大通りには町中の人々がひしめき合っていた。

「竜騎兵の後方にいるのが例の愛人の子、噂の少尉様だって」

「髪も黒いし、絶倫王にはあまり似てないわね、綺麗な顔立ちだわ」

「認知されているのは彼だけだろ？　同時に伯爵に叙されたのも」

「母親はゲルマニアの音楽家らしい。ウランゲル伯爵と結婚していながら、クワディワフ王の愛人になったというじゃないか。そのうえ、国王に散々貢がせた後は出奔し、カタルシニアの詩人の愛人になったって」

「そのせいで、旦那は気が狂ったという噂だぞ」

民衆は、軍功よりも、ギュンターの容姿や出自を話題にしている。ナーシャはそんな人たちから少し離れた場所を、ミサからの帰りで夫と共に歩いていた。

ちょうど、凱旋パレードを見物する人だかりに出くわし、ナーシャも足を止めて遠目で軍の行進を眺める。民と国のために働く軍人は、幼い頃から尊敬の対象だった。

――あの方が国王のご子息……。

ナーシャは、皆が注目するギュンターを仰ぎ見た。色々と噂されている事はわかっているだろうに、それでも凛と前を向く姿は勇ましく、自分には眩しかった。

「絶倫王とはよく言ったものだ」

夫のステファン伯爵が民の下世話を鼻で笑った。

六月のルトギニアは、暑くてもからりとしているが、今日は少しジメジメしている。

「国王が多くの妾を囲う理由は、大概、血族を絶やさないためだが、あのお方は違う。ただの女好きだ。世界中に愛人を作って孕ませ放置している」

額から汗が滴り落ちてくるナーシャとは対照的に、ステファン伯爵はとても涼しい顔で話していた。

ナーシャは、白いハンカチーフで汗を拭いながら、「貴方は……」と言いかけて、言葉を呑み込む。

――貴方はどうなの？

人だかりの中に、父親に肩車をされた幼い子供がいた。

ワンピースにエプロンをした四歳くらいの可愛らしい女の子だった。

それを一瞥したステファン伯爵がほくそ笑むのを見て、ナーシャは胸をザワつかせた。

＊　＊　＊

ふと、騒がしさを感じたギュンターが後ろを振り返ると、自身が率いる竜騎兵たちが一人の女に視線をやっているのが見えた。

「おい、いい女がいたぞ」

「どこだ？」

「今、角を曲がった男連れ」

「あぁ、俺も見た。色白で品があって。貴族の奥様って感じだったな。スタイルも良かった」

欲求不満な兵たちは、たとえ戦で疲弊していても、民衆を見渡し、抜かりなく女を物色する。

呆れたギュンターは部下を叱責した。

「お前たち、近寄りすぎだ。戦地でなくても馬間は縦横一頭分空けるようになっているだろ。無駄口は叩くな、そして民の前でだらしない顔をするな」

鋭い眼光で一睨みすると、兵たちは口をつぐんだ。

常に判断力を研ぎ澄ませ戦果をあげ国を守る——そうする事が世間の好奇の目を躱す唯一の方法だとギュンターは知っていたし、何より、父である国王に認められるには、優秀な軍人にならざるを得なかった。

女になど呆けている暇はなかった。

それなのに。

皆が注目していた黒髪の色白な女に、一瞬見とれてしまった。

遠目ではあったが、育ちの良さがわかる控えめな雰囲気の女だった。恐らく眺めていた時は間抜けな面をしていただろう。

——人の事は言えないな。

自分の心を戒めたギュンターは、ふと溜息をつき、空を見上げた。

曇りゆく空の下、掲げるルトギニアの国旗が湿風に煽られている。それは、これからの嵐を予感させた。

＊　＊　＊

町での凱旋パレードから続く悪天候は、川の水位を著しく上昇させ、洪水の危機をもたらしていた。

国王や近衛隊は休息もかねて、ステファン伯爵の領地の近くにある離宮にしばらく留まる事になった。

そこへ地方領主やその他の有力者などを招いての舞踏会が開かれる運びとなり、ステファン伯爵のもとにも招待状が届いたが、上機嫌になる夫とは対照的に、ナーシャの気は重かった。舞踏会が妻同伴となっていたからだ。

実家が困窮してから社交界とは縁遠かったし、夫が自分とダンスをする姿がどうしても想像できなかった。

それは決して、歳のせいで身体が思うように動かないというわけではなく、彼が妻と一緒に何かを楽しんだりする性格でない事を、ナーシャは結婚してすぐに感じ取っていたからだ。

けれど、幸運な事に、ナーシャが所属する楽団もその舞踏会に呼ばれていた。

『君は、私の事など気にせず演奏していればいい』

夫の言葉に甘え、伯爵夫人兼楽団員として参加すると決めたナーシャは、舞踏会当日の朝、夫が新調してくれていたイヴニングドレスを纏い、鏡の前に立っていた。

「ナーシャ様、お似合いです。色白の肌に紫紺のドレスがよく映えています」

「ありがとう」

「コルセットなしでもウエストがギュッと締まっていて、胸元も上げなくても豊かで羨(うらや)ましいです……」

溜息を漏らす侍女のエヴァに髪を結い上げてもらい、パールのネックレスも着けてもらう。鏡の中のナーシャは、さほど飾り立ててもいないのにゴージャスそのものだ。

ナーシャは、尊い父の服喪の期間が過ぎた事をこの時ようやく実感した。

どんなに時が経っても悲しみは消えないし、あの無残な亡骸を忘れる事はできない。

――今の私にできるのは、夫や亡き父に恥じぬよう、国王陛下をはじめ命懸けで戦った軍人たちのために、精一杯演奏する事。たとえ、誰も音楽に耳を傾けなくても――。

「いってらっしゃいませ。奥様」

心を決めたナーシャを使用人たちが見送る。夫の待つ馬車へ乗り込む際、手を貸してくれた従僕もまた、恍惚とした目でナーシャを見つめた。

しかし夫はというと、艶やかな妻の姿には一瞥をくれるのみで、謁見のことで頭がいっぱいなのか、緊張した面持ちで窓の外に視線を移した。

――このドレス、初めて着るのに。

少しは伯爵夫人らしく見えるのではないかと思ったが、自惚れだったのかもしれない。けれどやはり、ナーシャは肩すかしを食らった気分になった。

思えば、結婚してから一度も、夫に何かを褒められた事はなかった。

『私は芸術に秀でた女性が好みなのだよ』

ああ言っていたのに、夫はナーシャの演奏会にすら、足を運ぶ事はなかった。

離宮までの道のりは、貴族たちの馬車で渋滞してはいたが、開始時間には十分に間に合った。多くの貴族がひしめき合う広間で、ナーシャは男同士で盛り上がる夫と別れ、貴婦人たちの輪に入って行く。

「お噂には聞いておりましたのよ、ステファン伯が四十歳近く歳の離れた、この地方一番の美女とご結婚されたって。こうやってお目にかかると実にお美しいわ」

流行のパステルカラーのドレスを纏ったラジヴィウ侯爵夫人が、ナーシャを上から下まで探るようにじっくりと眺めた。夫人は、先代のステファン伯爵時代から伯爵家と懇意にしていて、亡くなった前妻の事もよく覚えているという。

「ありがとうございます。奥様のようにお美しい方にお褒め頂き大変光栄です」

社交辞令を交え挨拶(あいさつ)するナーシャだったが、次の言葉で笑顔を崩した。

「ですが、ステファン伯のご年齢を考えると、そろそろお世継ぎを考えないといけませんわね？」

「……ええ」

その手の話を振られると、急に心にゆとりがなくなってしまう。

後継ぎの事は、親族からも会えば聞かれ、その度に言葉を濁(にご)していた。

父の死から間もなく結婚したナーシャは、喪中を理由に伯爵夫人としてお披露目(ひろめ)される機会はあまりなかった。そのため、今日の舞踏会では初対面の貴族がとても多く、再び社交界に溶け込めるだろうかという不安と、新しい出会いへの期待を同時に抱いていた。

続々と招待客が集まる中、爵位の高い者たちから国王への謁見が始まり、ナーシャは夫

のもとへ戻ったが、その時、

「ようやくだ。ここでうまくやれば……」

夫が小さく呟いたのを聞き逃さなかった。

――ようやく？　どういう意味？

しばらくして、ステファン伯爵の名前が呼ばれ、謁見の間の扉が開かれる。

見えない重圧に、緊張感が高まった。

赤い絨毯の先の、一段高い場所にある玉座に座る国王の姿がちらりと見えた。両隣には、宰相と兵士が数人立っている。

宰相に促され、夫が形式的な挨拶を済ませた後、ナーシャを国王に紹介する。ナーシャはお辞儀をし、膝を曲げて挨拶をした。

なんとか失礼もなくこなせたことに安堵していると、国王が威圧的な声でナーシャに話しかけてきた。

「顔を上げよ、ミセス・ステファン」

言われた通りに顔を上げたナーシャは、この時初めて国王の姿をはっきりと見た。

――この方がクワディワフ王……お噂通りの大柄な身体つきだわ……。

銀髪のかつらを着けているが、地毛は金髪らしく、威厳のある眉毛も髭も、黄金色に光っていた。遠目ではあったけれど、その口角が上がっているのが見て取れる。

「この地にこのような美女がいようとはな、そなたの父は誰だ？」

国王の問いにナーシャが答えようとすると、宰相がこそっとクワディワフに耳打ちをした。

「……ウォンチニスキ・ロベルト？」

国王の反応が悲しい。

――きっとご存知ないのだわ。陛下に謁見できるのは、伯爵以上の貴族だけなのだから。

「一年前の攻防戦か、あれの戦没者……」

ナーシャの肩がピクリと動く。

父が最期を遂げた、過去最大の戦死者を出した戦争。国軍が援軍を出してくれれば結果が違っていたかもしれない戦いだ。

「無駄……」

王は、何かを言いかけてやめた。

彼の呑み込んだ言葉を、ナーシャは容易に想像する事ができた。

――〝無駄死にしたな〟

きっと、そう言いたかったのだ。遺族にとっては屈辱的だった。

「そなたは今晩、その美貌だけでなく楽師としても私を楽しませてくれるようだな。厳つく見えても、私は音楽を愛する男だ。存分に才を発揮するとよい。楽しみにしているぞ。ステファン伯、そなたとも今後、何かと話す機会がありそうだ」

――お父様への弔(とむら)いの言葉はないのね……。

「もったいなきお言葉……」

頭を下げるナーシャの隣でそう発したステファン伯爵の顔はニヤニヤしていて、とても不謹慎に感じた。

お辞儀をし、謁見の間から退室しながらナーシャは思った。

夫と国王、この二人はどこか似てからるのかもしれない、と。

「音合わせもろくにできなかったけど、大丈夫かい？」

楽団が控える部屋に遅れて到着すると、チェロ弾きのアントニが声をかけてきた。同世代の彼は、ナーシャが対等に話せる数少ない異性の友人だ。今日はいつもより飾りの多くついた華やかな衣装を纏い、礼儀として銀色のかつらを被っていてまるで別人のようである。

「ええ、大丈夫よ。私のパートが少ない曲ばかりだから」

「君も忙しいね。伯爵夫人としてダンスもしなくちゃいけないし」

「それはどうかしら……」

思わず、ナーシャから溜息が漏れる。

いくら踊り慣れている貴族とはいえ、舞踏会に招待された者は、少なからずパートナーと一度は練習するものではないだろうか。けれど、ナーシャの夫は踊りにはまったく関心がなかった。

「しかし、まさか、こんな地方で国王を前に演奏する機会があるなんて思わなかったよ。……とは言っても、皆踊りに夢中で音楽は聴いていないだろうがね」

弓に松脂を塗りながら、アントニは自嘲気味に笑う。

「そうね、皆、音楽に慣れてしまっているから」

相槌を打ちながらも、本当は、滅多に音楽に触れる事のできない民のために演奏したい、とナーシャは思っていた。

だが、ほとんどの音楽家は、王都へ足を運び、貴族や宮廷のお抱え楽師になる事でようやく最低限の生活を維持できる。

それ以外で収入を得るには、作曲や写譜をするしかない。運が良ければ音楽の家庭教師の道もあるが、稀である。それほどに楽師というのは世間的には地位が低い職業だった。

なので、ナーシャのように女性で、しかも貴族でありながら楽団に所属するのは、かなり珍しい事だった。

「さて、そろそろ寄せ集めの楽団、始めましょうかね。あわよくばどこぞの大貴族をパトロンにできるかもしれない」

アントニの掛け声で、皆が椅子から立ち上がる。

ほとんどが流しの楽器弾きで構成された楽団員たちが、舞踏の間へ移動した。

シャンデリアの下、銀色のかつらを被った貴族や軍人が、ワルツの三拍子に乗ってふわふわと踊っている。そうでない者たちも酒を飲み、チェスやカードゲームをして、ダンス中の男女の噂話に花を咲かせ、誰も楽師たちの音楽に関心を抱かない。ステファン伯爵も、一度もこちらを見なかった。

その中で、ナーシャは舞曲・セレナード『弦楽のためのダクティヨ』のヴィオラ独奏に徹していた。

タイトルにもなっているダクティヨという作曲家は、マリーナ・ドロティア・フォン・ウランゲル——ウランゲル伯爵夫人——と同様に、ルトギニアで著名な外国籍音楽家の一人で、禁断の愛や悲恋の曲を多く残していた。

今奏でている曲も、ダクティヨ自身が身分違いの令嬢に恋をして駆け落ちし、心中までしようとした体験から生み出されたという。

——心中するほどの激しい愛——。

ナーシャには到底、想像もできなかった。命を懸けるほど誰かを思った事も、思われた事もないからだ。

——私は、多分、本当の愛を知らない。

弓の毛に触れるナーシャの右手が悲しい音色を作る。弦を押さえる左手の薬指からは、結婚指輪が外されていた。

独奏を終え、次のパートに入るまでの間、ナーシャはふと、壁際で自分を見ている軍服の男性に視線をやった。

遠目ではあったが、演奏をちゃんと聴いてくれていたと感じたからだ。

軍服の階級章を見ても階級はわからないが、目が合ったその人は、この国では珍しい自分と同じ黒髪だった事で誰であるかは認識できた。

クワディワフ王と、ゲルマニア国出身の音楽家、ウランゲル伯爵夫人との間にできた庶子、ギュンター・フォン・ウランゲル。

ナーシャは、ウランゲル伯爵夫人を同じヴィオラ演奏者として尊敬していたし、ギュンターのことも勇敢な軍人だと噂で聞き、敬意しか抱いていなかった。

だから、演奏交代後に夫のもとへ戻る際、彼の傍を通った時、ナーシャは少しだけ緊張していた。凱旋パレードで見かけた時よりもずっと近い距離に、鼓動も速まっていた。

目が合った瞬間に逸らされたし、差し出したハンカチーフはぶっきらぼうとも取れる声で断られたけれど、ナーシャは最大の敬意を示すカーテシーで挨拶をした。

それがギュンターに好感を持たせたのかもしれない。

すべての出番が終わり、マズルカの前に飲み物を取りに行った際、誘われたのだ。

「私と踊って頂けませんか？」

驚いた。

踊る気なんてさらさらなさそうな無骨なブーツを見ていただけに、ナーシャはすぐに返事をする事ができなかった。

低い姿勢でもわかるすらりとした長身、差し出された大きな手、自分を見つめる黒に近い深い色の瞳。

一見鋭いけれど、どこか憂いを含んだその眼差しには、躊躇さえ感じられた。

――この方は、私が結婚していることを知っていて誘っているの？

「……お誘い、ありがとうございます。けれど、私、パートナーがいますので」

笑顔の後に、さりげなくナーシャが視線を移した先には、広間の端でカードゲームに興じているステファン伯爵の姿があった。自分の妻が色んな男に誘われているというのに、まったく気にしている様子がない。呆れを通り越して虚しさが押し寄せる。

「失礼ですが……」

ギュンターが、少し冷めた口調で続けた。

「あの方は、本当に貴女のご主人ですか？」

意地悪にも感じる質問に、ナーシャは僅かに顔を曇らせて、「ええ……」と答える。

――そんな疑問を持つのは、離れすぎた年齢のせい？　それとも――。

「先ほど、ご主人の傍に戻られた途端、貴女の顔から熱が消えて、演奏時とは随分と印象が違いましたので、何かご事情があるのかと……。それに演奏中、指輪をしていらっしゃらなかったですよね？」

踏み込んだ問いをするギュンターの目には、好奇に近いものが宿っていた。

――どうして、そんな目で見るの？

グラスを持つナーシャの指に力が入る。

「夫婦なんて、そういうものですよ。それに、指輪は演奏に支障をきたす事もありますので……」

そんな会話をしているうちに、マズルカの曲が始まる。

貴族や軍人たちがパートナーと踊り始めたのを見て、この方は誰とも踊らないのだろうかとナーシャは気になった。

「そうですか、それを聞いて安心しました」

「……?」

ギュンターは少し歪んだ微笑みを残して踵を返すと、大広間から消えて行った。

その後ろ姿を、令嬢や貴婦人たちが熱の籠もった視線で追う。

——あんなに素敵なのだから、相手ならいくらでもいらっしゃるでしょうに。少し難しい人なのかしら?

それでも、彼の母であるウランゲル伯爵夫人の話や彼自身の事を、いつか直接聞いてみたいと思った。

「バーソビア王宮へ?」

ステファン家の屋敷に国王からの使いが訪れたのは、舞踏会が行われた日から数日後の事だった。

国王が、ナーシャを宮廷音楽家として王宮へ招き入れたい、と言っているらしい。先に使いの者から用件を聞いた夫が、満悦の笑みを浮かべてナーシャに報告する。

「君の演奏を気に入った国王直々のお誘いだ。いや、お誘いというか命令だな」

──命令……。

刺繍をしていたナーシャの手が止まる。手伝いをしていた侍女のエヴァも、表情を曇らせた。

「それは、お断りはできないのでしょうか？」

アントニのように音楽で生計を立てている者ならありがたいご指名だろう。けれど、自分には夫があり、なおかつ伯爵夫人であり、今以上の豊かさは求めていない。

ナーシャの脳裏に、実家の母親と幼い弟妹たちの顔が浮かぶ。

──何より、王都は実家から遠いわ……。

「国王命令だぞ。光栄だと思わないのか？」

「名誉ある事だとは思います……ですが、なぜ、私なのでしょう？」

クワディワフ王が音楽を愛しているのは、外国の音楽家のパトロンになっている事からもわかる。けれどそれはウランゲル伯爵夫人のように、演奏だけでなく作曲やオペラの台本も手掛ける、本当に才能のある者に限られていた。

──私はただ、少しばかり楽器がうまく弾けるだけなのに。

垣間見えた、王の非情な一面に不信感が募っていた。

そんなナーシャの態度に、ステファン伯爵が業を煮やす。

「君は、私に恩義があるはずだ」

冷たい声がすぐ傍で聞こえた。

刺繍をしていた布をナーシャから奪うと、ステファン伯爵は強引にその手を取った。皺はあるものの、男性らしからぬきめ細かな肌の細い指は貴族そのものだった。聞けば、今まで一度も戦地に赴いた事がないという。労働も戦も知らない手だ。

「私が拾ってやらなければ、君は今頃、農婦か女中にでも成り下がっていただろう。こんな綺麗な肌ではいられなかったはずだ」

ステファン伯爵がナーシャの手を擦り撫でる。普段はしないその仕草に、ナーシャは気味の悪さを覚えた。

「それは……」

――確かにそうだけれど、貴方は平気なの？

妻が遠く離れた王宮専属の楽師になれば、一緒に暮らせなくなるというのに。

俯くナーシャの手の甲に軽く口づけて、ステファン伯爵は続けた。

「君が帰りたい時には帰ってくればいい。私も妻に会いに行く事は許可されている。それに……」

――それに？

光を見出すような発言にナーシャが顔を上げた。

「愛妻を宮廷へ差し出せば、先の戦で取り戻した領土の一つを私に任せると、そうおっしゃってくださったのだ」

ギラギラとしたその目には、ナーシャは映っていなかった。

夫が新たに与えられる土地は、元はナーシャの父が失った領土だ。

「君が宮廷に行けば、亡くなったお父様も誇りに思われるだろう」

何も言葉が出なかった。

この時だけではない。ナーシャは、父が亡くなってから、自分の意志や希望を口にした事がなかった。

けれど、今回は心細さのあまり一つだけお願いをした。

「エヴァを連れて行っても構いませんか？」

ナーシャの言葉に、二人のやり取りを心配そうに見ていたエヴァの顔が、ほんのり輝いた。

夫は取るに足らない様子で大きく頷く。

「それで君が快適に過ごせると言うなら、いくらでも連れて行きなさい」

屋敷からバーソビア王宮までは、馬車で三日以上かかった。

「さすが王都、建物が皆美しくて聖十字架教会も大きいですね！」

馬車から外を覗いたエヴァが子供のようにはしゃいでいる。幼い頃から王都に憧れていたのだという。

「ええ、そうね。王都を取り囲む城壁も立派ね」

ナーシャが見上げるそれは、頑丈な煉瓦で築き上げられ、戦争の傷跡は見られない。

ナーシャが王宮へ行くと決めたちょうどその日、ルトギニアの安定のため、国土は自国と同じくらいの国力であるエベラ国と国交を結び、カタルシニアという北の大陸にある大国とも同盟を結ぶと国民に告げていた。

これでビルト国は、我が国に容易に手を出せなくなるだろうと、ナーシャも含めた国民は皆そう思っていた。

メインゲートを抜け、王宮入口で馬車を降りる。

お供役である従僕や御者とはここでお別れだ。

「奥様、どうぞお身体にお気を付けくださいませ」

従僕が深くお辞儀をした。

「ええ。あなたたちも無事に戻って。そして、夫によろしくね」

やはり、宮廷楽師という立場上、家から何人も使用人を連れて行くわけにはいかない。

侍女のエヴァだけが、引き続きナーシャの身の回りの世話をしてくれる。

「旦那様もいくらお忙しいからって、奥様一人を王宮に向かわせるなんて酷いですよ」

道中に何度も聞いた愚痴を再び零し始めるエヴァに、ナーシャは苦笑いして宥めた。

「仕方ないわ、小作人の裁判に出廷しないといけないのですもの」

「ナーシャ様、さっきは、〝税金の報告書が〟とおっしゃいましたわ」

「……ええ、だから、とても忙しいのよ」

気落ちしないようにごまかしながらも、虚しくなってくる。

大土地所有者で多忙なのは当然だけれど、有事の時には代役を務める家令がちゃんといるのだから、同行できないことはないのだ。

従僕たちを見送った後は、王宮警備の者が荷物を持ち、国王部屋付き楽師が生活する離宮まで案内してくれた。

その豪奢な部屋に、ナーシャは思わず息を呑んだ。

建物の美しさからして、国王の芸術への愛は相当なものだと感じ取れていたが、単なる楽師一人の部屋が、かつて絵画で見たような王妃の居室さながらの造りである事に、違和感を抱く。

豪華なシャンデリア、宝石箱、年代を感じる調度品、天井には有名な絵画、壁にも芸術的なタペストリーが飾られていて、暖炉は大理石でできている。

「……凄い……」

——楽師の部屋がこれなら、楽長の部屋はどうなっているの？　それに、宮廷楽師といっても、礼拝堂楽団、室内楽団、野外楽団、王族部屋付き楽師とあるのに、なぜ私なんかがいきなり国王部屋付きなの？

そわそわと落ち着かない気持ちでいたナーシャのもとに、国王付きの側仕えが伝言に訪れた。

名前はシモンといい、声変わりしたばかりの少年だった。

「旅でお疲れの事と存じますが、ステファン伯爵夫人にも本日の夜会にご出席頂くようにとの陛下のお言葉です」

早速仕事だ。気が引き締まる。

「わかりました。お伺いします」

エヴァに頼んで夜会用のドレスに着替えたナーシャは、シモンに案内され、夜会の場へと赴く。緊張から足取りはやや重い。

部屋から王宮までは少し離れていた。

控えの間として使われている部屋にも、珍重される磁器などが飾られ、テーブルにはルトギニアでは珍しい新鮮な果物が盛られた大皿が並べられている。それは国王の外交手腕が優れている証にも思えた。

そこから広間へ移動し、改めてクワディワフ王をはじめ、王族や家臣との接見があった。

「本日より、こちらで楽師として務めさせて頂きますナーシャ・ステファンと申します」

値踏みするような視線の中、一人ひとりに丁寧に挨拶をすると、すべての者がナーシャの容姿の美しさを褒め称えた。「まるでお人形のようだ」と。

そして、最後は皆、「貴女は幸運な女性だ」と口を揃(そろ)えて言う。

ただ、国王の唯一の嫡出子であるランベル・ヴィレマニ王太子だけが、挨拶の後、哀れみの表情を浮かべていた。

「本当に音楽が好きなら、ここは貴女にとっては窮屈な場所かもしれないね」

「……どういう事でしょうか？」

ナーシャの問いにランベルは答えなかったが、王太子は皮肉を言った訳ではないと感じた。

金に近いブラウンの柔らかそうな髪、エメラルドのように眩しいグリーンの瞳は笑顔を作らなくとも目尻が下がっていて、透けるような青白い肌はシミ一つない。

絵に描いたような美しい王子の姿だったが、温厚そうな人柄が滲み出ていた。

厳つい大男の国王に対し、王太子が繊細な体型であったから余計にそう見えたのかもしれない。

先の舞踏会で会話を交わした彼の異母兄であるギュンターとは、スッキリした細面の輪郭(りんかく)や鼻筋は似ているものの、印象はまるで違っていた。

ランベルが大人しい飼い猫なら、鋭い眼光を持ったギュンターは野生の豹(ひょう)のようだと、ナーシャは思った。

『あの方は、本当に貴女のご主人ですか？』

『それを聞いて安心しました』

不意に、ギュンターの歪んだ笑顔が思い出された。

――そういえば、あの方はこちらの護衛はされないのかしら？

部屋の入口には、王宮近衛兵たちが立っていた。

その中に黒髪のあの人の姿を探している己に気づき、ナーシャは胸の内で戒める。

——何をしているの？　私は楽師としてここへやって来たのよ。

けれどこの日、ナーシャは国歌を一曲演奏するだけで終わった。物足りない気がしたが、はじめはこのようなものだろうと、気負い過ぎてこわばっていた肩の力を抜く。

夜会はダンスで締め括られ、その後は王族たちのみの遅い夕食会へと移って行った。

——明日も弾く機会はあるかしら？

役目が終わり、自身の部屋に戻ろうとしたナーシャをシモンが呼び止めた。

「ステファン伯爵夫人、陛下が、部屋へ楽器を持ってくるようにと仰せです」

「え？」

——部屋というのは？　国王の間？

「他の楽師の方も行かれるのですか？」

あまりに恐れ多すぎて、戸惑うナーシャの声は震えていた。

「いいえ。ステファン伯爵夫人お一人です。先日の舞踏会で演奏された『弦楽のためのダクティヨ』をご所望です。陛下はおやすみ前によく弦楽器での演奏を楽しまれます」

シモンの言葉でナーシャの不安は消えた。

——よかった、あの曲なら得意だわ。

国王がどんな曲を好むかまだ把握できておらず、練習なしに弾ける自信がなかったから、十八番の曲を指定されほっとした。

ナーシャはヴィオラを持って、シモンの後をついて行く。

国王の寝室は王宮の真ん中にあった。

当たり前だが、この時間でも護衛の兵士と侍従が入口に立っていて、その鋭い目つきに一瞬おののく。

「これはこれは、遅くまでご苦労ですな」

ちょうど扉が開き、家臣たちが出てきた。恐らく就寝前の挨拶に訪れていたのだろう。

好奇に満ちた視線を向けられるが、目を伏せて躱す。やはり、夜更けに女一人で部屋を訪問するとなると、いくら楽師とはいえいかがわしく思われるのかもしれない。ナーシャは小さな溜息をついた。

「ステファン伯爵夫人をお連れしました」

シモンに促され、お辞儀をして中に入ると、広い部屋には寝間着に着替えたクワディワフの姿があった。もうかつらは被っておらず、白髪まじりのふさふさとした金髪が肩の上に散らばっている。

「すまんな、ミセス・ステファン。どうしてもあの曲が聴きたくなったのだ」

「とんでもございません。お呼び頂き光栄です」

ナーシャが用意された椅子に腰かけ、楽器の準備をしている間、クワディワフはシモンと護衛に退室するよう命じていた。

金の鷲の飾りがある天蓋から垂れるシルク生地の赤いカーテンで覆われた寝台に、国王がゆっくりと腰を下ろす。

『弦楽のためのダクティヨ』は、就寝前に聴くにはやや激しい気がするので、ナーシャは意図的に舞踏会の時よりもテンポを緩めてみた。

すると、ダクティヨの淡い感情を表現するパートで、国王の頭が一度、カクンと揺れる。それを見てナーシャは、自分が国王を眠らせる役目なのだと認識した。

――今夜は一曲でおしまいみたいね。

ホッとしたような、しかし楽器弾きとしては少し複雑な気持ちで一曲弾き切った。

だがその直後、眠ったと思っていた国王の瞼が突如開き、大きな身体が勢いよく立ち上がった。ナーシャは驚きと緊張でひくりと身を縮ませる。

「近くに寄れ、ミセス・ステファン」

それがどういう意味なのか。

口調は穏やかであるものの、態度は威圧的。

クワディワフの視線が無遠慮に自分の胸部を捉えているのを見て、これまであえて考えないようにしていた不安が押し寄せる。

「あまりにお近くで演奏しますと、ヴィオラの音は大きいのでお耳に障りがございます」

あくまで演奏をしに来たのだと示すために、ナーシャは言葉を選んで伝えたが、やはり国王の不機嫌を誘ってしまった。

「命令に背くのか？　楽器を置いてこちらに来いと言っている」

「……」

〝楽器を置いて〟

今の国王の言葉がすべてだ。

——やはり、そうだったのね……。

ナーシャはここに至るまでのすべての過程を後悔した。

——私程度のヴィオラ弾きが宮廷楽師として招かれるなんて普通ならあり得ないのに、自惚れもいいところだわ……。

「おい、聞こえなかったか？　それとも私を侮辱しているのか？」

国王の怒りを隠さない低い声が、広い部屋に響き渡る。

唇を噛みしめ、ナーシャはヴィオラをそっと椅子に置いた。意味のない時間稼ぎだった。

「もどかしい女だ、もうよい。私が寄る」

痺れを切らしたクワディワフが大股で寄ってくるのを見て、ナーシャは思わず身を竦めた。

無礼などという言葉は頭から消えていた。

あっという間に、大きな身体がナーシャの華奢な身体をすっぽりと包み込む。

「……陛下、な、何を……」

もの凄い力だ。男性相手にこのような身の危険を感じたのは初めてだった。

ナーシャはまったく抵抗ができないまま寝台に押し倒された。

綺麗に結い上げていた黒髪が寝具の上で乱れる。

荒く生ぬるい呼吸が首元にかかるのと同時に、国王の芋虫のような太い指がナーシャのドレスを弄(いじ)った。

その指はナーシャの胸元のリボンを手荒に外し、豊かな胸を露出させる。

「おやめください、陛下！」

涙目で訴えるナーシャに、クワディワフは愉快そうな顔で言った。

「今更な事を。そなたはなぜ、ここに呼び寄せられたと思っている？」

――聞きたくない。

ナーシャがふいっと国王から顔を背けても、大きな指先に顎を摑まれ、強引に目を合わせられる。

ランベル王太子と同じグリーンの瞳。しかしそこには彼のような温かみはない。そのねっとりとした不躾な視線は、小さく震えるナーシャの口元から胸元へと移された。

「私の新たな愛人になるためだ。お前程度の楽器弾きならいくらでも代わりはいる」

「……！」

――やっぱり、このお方は自分を性の捌(は)け口としか見ていない。

そして自分は夫に売られたのだ。

初めて国王と会った時に抱いた印象は間違っていなかった。

ナーシャの目にじわりと涙がにじむ。

剝き出しになっていた膨らみをもがれるように捏ね回され、痛みから再び悲鳴を上げてしまう。

「わめくな。生娘でもあるまいし。あんな老いた旦那では、お前も満足していなかったであろう。愉しませてやるから力を抜け。それとも痛いのが好みか？」

――どれも、違う。

「わ、私は、陛下が思っていらっしゃるような女ではございません！」

必死にもがくナーシャを見て更に興奮を覚えたのか、クワディワフが息を荒くし、ドレスの裾をたくし上げる。ペチコートやパニエやガーターと、あらゆる下着が晒され、そこに容赦なく手が伸びた。

――嫌……！　誰か助けてっ……。

なぜかギュンターの顔が思い浮かんだその時――。

「陛下！」

国王の寝室のドアが勢いよく開かれた。

クワディワフがそちらを見たのと同時に、ナーシャも顔を向け、声の主を見る。

入口から、細い人影が寝台の方まで伸びていた。

「ランベル……」

クワディワフは、軽蔑したような目で見つめる息子の姿を見てやや動揺したようにぼそりと名を呼んだ。

――ランベル様……。

ナーシャは一瞬、ギュンターが助けに来てくれたのだと思い、その姿を見て落胆した。

だがすぐに、自分の不埒な考えを戒める。

――なぜ、夫ではなくギュンター様を期待したの？　一度、お話ししただけのあの人を……。

ランベルは、あられもない姿のナーシャを見て、溜息混じりに言う。

「これは私の見間違いでしょう。偉大なる国王が貴婦人を力ずくで……などということはあり得ぬことです」

王の重みが消えたのを察知したナーシャは、転がるように寝台から下りた。いまだに足が震えて転びそうになるが必死に逃げる。

それを忌々しい目で追いながら、クワディワフは低い声でランベルに尋ねた。

「ノックもせずにいきなり入ってくるとは、誰もお前を止めなかったのか？」

ランベルはさりげなくナーシャの傍によると、背後に庇う。

「陛下と緊急の話があると言いましたから近衛兵たちは悪くありません」

王族となると、たとえ息子であっても通常は国王の部屋へ自由には入れないのだろう。

「無能な兵どもめ！　皆クビだ！　隊長を呼べ！」

憤慨する国王を尻目に、ランベルはヴィオラを渡しながら、ナーシャを廊下へと押し出した。

「君は部屋に戻って」

諭すような、優しい表情だ。しかし自分が戻ったら、ランベルがお咎めを受けるのではないか。

「ですが殿下……」

「おい、ランベル、何を勝手に……」

「いいから、行って」

ドアが閉められ、国王と王太子の声は途切れる。

廊下には乱れたナーシャを一瞥するも、表情を変えない護衛たちがいて、恥ずかしさと惨めさのあまり青ざめる。

ナーシャは逃げるように、自分にあてがわれた部屋へと戻ったのだった。

〝クワディワフ王が、新しい女楽師に手を付けたらしい〟

その噂は、宮廷内にあっという間に広まった。

『君はしばらく部屋から出ないほうがいい』

ランベルからの伝言を侍従から聞き、ナーシャが部屋に引きこもって二日が経った。

その間は、国王からの呼び出しもないし、サロンや晩餐会に楽師として声をかけられてもいない。部屋の隅に出番もなく置かれたヴィオラが酷く色褪せて見えた。

──私は、何のためにここに……。

『私の新たな愛人になるためだ。お前程度の楽器弾きならいくらでも代わりはいる』

思い出された国王の言葉がナーシャを辱める。

「奥様、大丈夫ですか？　お顔の色が良くありませんよ？　見張りがいるわけでもありませんし、気分転換にこっそり庭にでも行きます？」

エヴァが心配そうにナーシャに声をかけた。

「大丈夫よ、エヴァこそ退屈でしょう？　私が籠の鳥ではする事がないものね」

本来、エヴァの仕事は、女主人の着替えや髪結いの手伝い、外出の際のお供などだ。

「いいえ！　私は王宮で、しかもこんな素敵なお部屋で働けるだけで、夢のようですから」

エヴァは、うっとりと華美な部屋を見渡す。

──エヴァはこう言ってくれるけれど……。

地元から遠く離れた場所に連れてこられたあげく、寡黙な女主人と王宮内の離宮に二人きりで軽い軟禁状態なのだ。それに、ステファン邸では女中がしていた洗濯をここでは彼女がしてくれている。

ナーシャはエヴァに申し訳ない気持ちで一杯だった。

「ナーシャ様」

その日も無為に過ごして日が暮れた頃、国王付き側仕えのシモンが部屋を訪れた。初めて見る美しい少年に、エヴァは目を丸くしている。

「陛下がお呼びです」

ナーシャはすぐに返事ができなかった。

またあのような目に遭うのか、それとも、国王を拒絶した事で何か罰を下されるのか、シモンの表情を見ただけでは判断できない。しかし、

「ステファン伯爵もおいでです。謁見の間へおいでください」

夫が訪れていると知らされて、少なくとも前者ではないとわかり、少しホッとする。

——迎えに来てくださったのだわ。

夫は、ナーシャのことなどどうでもいいのかもしれないと思っていたけれど、そうではなかったのだ。ナーシャは、エヴァに、「帰り支度を始めておいて」と頼み、部屋を後にした。

謁見の間に入った途端、ステファン伯爵の怒りが妻であるナーシャに向けられた。

「なぜ、私の顔に泥を塗るような真似を!?」

眉間に皺を寄せ、険しさの塊になった夫の姿にナーシャは背筋が冷えるのを感じた。

中央の玉座にはクワディワフ王が座り、その隣の椅子には物憂げな表情のランベル王太子が座っている。二人を挟むように宰相と兵が立っていた。

「いや、私のことはいい！　お前は女の分際で、あろうことか国王陛下を侮辱したのだぞ！　陛下の寵愛を得られるというのに、女なら光栄に思いこそすれ、逃げ出すとはなんたる恥知らずか！」

王の前に跪いたままのステファン伯爵が、傍で同じ姿勢をとるナーシャを睨み、罵倒する。

――確かに、あの時の私は陛下への礼儀など考えられなかった。必死だった。

けれどそれは、自身の貞操を守るためであったし、そもそもナーシャは夫から、宮廷楽師として召喚されたとしか聞いていなかった。性交を拒絶するのは当たり前のはずだ。

――それなのに、なぜ、私が責められなければいけないの？

俯いたまま唇を噛み、涙を堪えるナーシャに、静観していた国王が野太い声をかけた。

「ミセス・ステファン、答えよ」

ナーシャは少しだけ顔を上げた。

国王の目は氷のように冷たい。まるで獲物を殺す方法を考えているかのような不気味さもあった。

「事前に、私の愛人になると聞いていたら、バーソビア王宮へ来ていたか？」

国王の問いに、ステファン伯爵が動揺し肩を揺らす。妻を嵌めたことが発覚するのを恐れているのだろう。

あのような拒み方をして、この期に及んで嘘は通じまい。しかし、ナーシャは一呼吸おいて、覚悟を決めて答えた。

「……いいえ。申し訳ございません」

前代未聞の答えだったのか、宰相や家臣たちがどっとざわめく。国王の表情は変わらないが、夫は顔を真っ赤にしてナーシャを再び責め立てた。

「貴様、私への恩を仇で返す気か!? 私が何のために借金だらけのお前を娶ったと思っている！」

今にも殴りかかりそうな夫の勢いに、ナーシャは恐怖よりも悲しみを覚えた。

「もうよい、夫婦喧嘩なら外でやれ」

クワディワフが吐き捨てるように言った。

「ステファン伯、所領の大幅な削減は覚悟しておけよ」

それは、ステファン家とウォンチニスキ家の没落を意味する。

ステファン伯爵はつい先ほどまで真っ赤だった顔を青くして、許可も得ないまま玉座に近寄ろうとした。

「へ、陛下、どうか挽回の機会を……っ」

「見苦しいぞ。不敬罪で処されたいか」

「どうか、もう一度だけ……！」

更に国王に近づこうとするステファン伯爵に護衛が剣を振り上げた、その時、

「陛下、私からもお願いがございます」

ランベル王太子がスッと椅子から立ち上がり、国王の前に跪いた。

「ミセス・ステファンを私の傍に置かせて頂きたい」

再び、周りがどよめいた。ナーシャも驚きのあまり目を瞠る。

——今、……なんとおっしゃったの……？

「どうした？　それは情けをかけて侍女にでもする、という意味か？」

黄金色の眉をひそめる王に、ランベルはハッキリと言った。

「違います。恋人として……愛妾として、時には楽師として、私を癒やして欲しいと思っております」

それを聞いたステファン伯爵の顔に、一気に生気が戻る。

「お前が自ら女を欲するのは初めての事だな」

「私は、一目見た時から、彼女に惹かれておりました」

突然の告白を、ナーシャは真実としては受け止められなかった。

絶倫王などと噂されるクワディワフ王ならともかく、次期国王である未婚の美しき王子から求められるほどの自信はなかったし、そもそもこの清廉そうな王太子が愛人を欲する事など考えられなかったからだ。

「なるほどな。それであの夜、邪魔をしたのか」

合点がいったという顔をする国王に宰相が長い耳打ちをする。

その間も、ナーシャの心臓はドクドクと大きく脈打っていた。

――これも女として光栄な事だと、運命だと受け入れなくてはいけないの？

少し考えて頷いた国王は、不敵な笑みを漏らして言った。

「よかろう、お前の妾になることで、ステファン伯の領地の没収は撤回だ。その代わりに……」

立ち上がった国王がランベルの肩に手を置いた。

「エベラ国の公女を妻として迎え入れろ」

ナーシャの前で、ランベルの背中がピクリと動いた。

ビルト国の脅威に立ち向かうため、エベラ国とは国交を結んだばかりだ。

宗教観の違い、あるいはランベルが嫌がっているために婚姻の話が進まないと、民の間では噂されていた。

「……かしこまりました」

ランベルは少し間を置いた後、深々と腰を折った。

ナーシャは頭を下げるランベルをただ見つめることしかできなかった。

このときナーシャは十七歳。

既に別の男に恋をしている事にも気づかずに、国王の策略に巻き込まれ、王太子の妾になる事が決まったのだった。

第二章　涙のわけ

今年の春は寒かったせいか、王宮の薔薇が例年よりたくさん咲いているらしい。

ナーシャは自由に行き来が許されている中庭を、エヴァと散歩していた。

「あれから、手紙一つ寄こさないですね、旦那様」

エヴァがさしてくれた日傘に入り、ナーシャは「そうね」と瞼を伏せて呟いた。

――あの人ははじめから、いつか私を王族の愛人として差し出すつもりで結婚したのかもしれない。

『私が何のために借金だらけのお前を娶ったと思っている！』

あの言葉は、国王から受けた屈辱よりも傷ついた。

――どうせならいっそのこと、婚前契約書に書いておいてくれれば良かったのに。

「厩舎が近くにあるのに臭くないなんて、ここの薔薇は芳烈ですね」

エヴァが指さした先には、馬を引き演習から戻ってきた軍人たちの姿があった。

「うわぁ、あの軍馬、大きいですね……ツヤツヤしていて綺麗……」

――あのお方は……。

アラブ馬を引く軍服の男たちの中に見覚えのある姿を見つけ、ナーシャは胸を震わせた。頭一つ抜きんでた高身長に艶のある黒髪、銀色の肩章――国軍少尉のギュンター・フォン・ウランゲルだ。馬を愛でる横顔は魅力的で目が離せない。

――やはり、あの方もこの宮廷にいらっしゃるのね。

日傘の下で、数十メートル先のギュンターを眺めていると、あちらも気がついたらしい。一旦足を止め、薔薇園に佇むナーシャを見た。

一瞬ドキッとしたものの、その視線が好意的でない事に気づきおののく。

――睨まれている……？

遠目からでもわかる刺すような鋭い視線に、ナーシャは身体が固まって会釈すらできなかった。

一方、ギュンターは何も見なかったかのようにフイッと顔を背け、他の者を引き連れ厩舎へと入っていく。

――気のせい？　それとも不躾に見た事を無礼だと怒っている？　……いえ、そもそも一度会ったきりの私の事など覚えているはずもないわ。

一瞬の邂逅だったが、ギュンターの態度はナーシャを落ち込ませるには十分だった。

「ほら、あの方が、殿下の……」

中庭では、宮廷貴族たちも散歩や井戸端会議をしていて、ナーシャの存在は噂話の恰好のネタだった。

彼女を見かけた貴婦人たちは、扇の内側で事実と異なる事を噂する。

「陛下に見初められたのに、ランベル様に乗り換えたのですってよ」

「まぁ、あの陛下がよくお許しになったわね」

「よっぽど、陛下とあっちの相性が合わなかったのかしら」

――また、か。

聞こえても、ナーシャは否定も肯定もしなかったが挨拶だけはした。

どんなに悪態をつく相手でも、嫌悪感を見せずに笑顔を作った。

――好奇の視線に真正面から対応しても状況は良くならないわ。

歯を見せるのは下品な事だとして大抵の婦人や令嬢は扇で口元を隠すが、ナーシャはあえてしなかった。

すると、大概の者はそれ以降、ナーシャの事を悪く言わなくなる。

亡き父がよく言っていた。

「お前の笑った顔は険(けん)を溶かす」と。

王宮で難なく過ごすナーシャのもとへ、公務の間を縫(ぬ)ってランベルがやって来るようになった。それは夜も例外ではなかった。

「後はいい。戻れ」

人払いをして、愛妾の寝室に朝まで滞在する。さぞやよろしくやっているのだろうと王宮の皆は噂していたが、ランベルは好色な国王とは違っていた。

　彼は会話を楽しんでいるようだった。

「今夜も紅茶を飲まれますか？」

「うん」

　訪れた王太子に、ナーシャは自らお茶の用意をする。

　ルトギニアでは生産できない茶は、かなりの貴重品だ。ナーシャは実家から持参している鍵付きの箱から茶葉を取り出した。

　エヴァが準備してくれていたお湯で銀のポットとティーカップを温めておく。温めたポットにスプーンで茶葉を入れ、熱い湯を入れて蒸らす。待つ間に、甘い菓子を用意した。

「ミルクはある？」

「ええ、ご用意してありますよ」

　ナーシャがクスリと笑う。

「子供みたいだと思ったんだろう？」

　ランベルが椅子にもたれて寛ぐ。

「いいえ。私の弟も紅茶にミルクを入れて飲みましたから」

「弟っていくつ？」

「五歳でした」

「子供じゃないか」

ランベルの笑い声が響く。

ここへきて、ナーシャは家族の話をよくするようになった。王太子相手に恐れ多いと思ったが、なぜか彼が聞きたがったからだ。

どこにでも付いて来た幼い弟や妹、貧しくなっても気位だけは高かった母、そして、女子の教養にも寛大で愛国心の強かった父のことを、ナーシャは訥々と話した。

結婚してから夫にも話さなかった思い出話だ。

「君のお父さんは何歳で亡くなったの？」

「三十六です……」

ナーシャが答えると、ランベルは重い溜息をついた。

「……やっぱり戦争はしたくないな……」

「……ええ」

話をするうちにわかったが、ランベルは平和主義者だった。

生まれつき身体が弱く、幼い頃から争い事が嫌いだったため、軍人となるべく教育は受けていないらしい。

「父は、俺には何も期待していない。せいぜい、政略結婚の駒として利用できればいいとしか思われていない」

エベラ国公女との結婚も乗り気でない、とランベルは本音を語る。

「国王の愛人の子にも王位継承権がある国なら、俺はとうに見捨てられていただろう。実際、外交会議にも軍事作戦会議にも呼ばれないし、誰でもできるような雑務しか回ってこないのだから」

自己否定的な言い草のランベルに、ナーシャは適当な言葉をかける事ができなかった。

――王族というのは、貴族の娘よりももっと、運命に逆らえないのかもしれない。

「俺は大勢の兄弟にはほぼ会った事がないし、父も彼らを子として認めたがらない。だから俺の家族は〝あの人〟だけ。この先も、恐らく、ずっと」

繊細な横顔に悲壮感が漂う。

――国のためにとはいえもうすぐ結婚して新しい家族ができるのに、どうしてそんな言い方をするの？

それに、父親をあの人と呼ぶなんて。

「陛下はなぜ、ランベル様のお母様が亡くなってから、正妃を娶らなかったのでしょう？」

どんなに女好きでも、国王にとっては正妃が生涯で本当に愛した、ただ一人の女性だったからではないのか？　その愛の証がランベルなのではないか？

ナーシャの言葉に、ランベルは首を横に振って否定する。

「ただ面倒臭いだけさ。その証拠に、愛人を長らく宮廷に住まわせた事はほとんどない。飽きっぽくて、誰かを寵愛するなんてできない人なんだよ。母は、父の過剰な女好きに亡くなるまで心を痛めていたそうだ」

ランベルは、残りの甘い紅茶を苦い顔で飲み干した。

──出産と同時に母を亡くした殿下はきっと、親の愛情を知らないのだわ。

雲の上の存在だと思っていた王太子の不遇な話に、恐れ多くも同情に似た感情が湧いてくる。

「……夜風が湿ってきましたね。雨が降るかも」

ナーシャが言ってすぐに、小雨の降る音が聞こえてきた。

カップを置いて窓を閉めに立つ。外は真っ暗だったが、複数の離宮はまだ明るさを放っていた。

この王宮には様々な人たちが住んでいる。

政務を補佐する宰相や大臣、王族の世話をする執事や侍従、馬係、財務官に宮廷画家や音楽家、そして近衛兵に陸軍指揮官。

──そうだわ。ギュンター様は殿下のご兄弟のはず。彼の事はご兄弟とは思えないのかしら？

王太子と彼の仲が悪いという噂は聞いたことがない。母は違えど、血の繋がった兄弟なのだから、お互いに支え合う関係であればいいと思う。

「ギュンター様は、殿下のご兄弟ですよね？　彼の事は……」

何気なく尋ねたナーシャだったが、ランベルが急に近くに寄ってきて言葉を詰まらせる。

「あぁ。彼、……ギュンターとは親しいの？」

その声は、どこか気分を害しているように聞こえた。

「いいえ、一度ご挨拶をしただけです。あちらは覚えていらっしゃらないと思いますが」

　中庭での事を思い出し、ナーシャは顔を曇らせる。

「君を忘れる男なんていないと思うけどね。俺もそう……」

　ランベルは苛立ったように窓を半分だけ乱暴に閉めて、ナーシャを抱き寄せた。熱い感触にナーシャは身を竦める。

「俺のことも、殿下ではなく名前で呼んで欲しい」

　柔らかなブロンドがナーシャの顔をくすぐる。彼の真意がわからず困惑したまま顔を上げた。

「無礼では、ありませんか？」

「俺が欲しいのは臣下じゃないよ」

　優しい抱擁だった。

　初夏の暑い夜だというのに、ランベルからは爽やかな香りしか漂ってこない。

　何度か夜を共にしているけれど、ランベルはナーシャに何も求めてこなかった。

　突然抱き寄せられ驚いたが、親愛の抱擁だとわかり肩の力を抜く。それは、弟や妹たちとするものに近く、懐かしささえ覚えた。

「ナーシャ、俺の悩みを聞いてくれるか？」

　自身の腕から解放したナーシャを、ランベルはゆっくりと寝台に座らせる。

「私でよろしければ。……ランベル様」

——愛妾となってから性的な要求もされないまま、殿下にはいろいろと良くして頂いた。

物質的な面で言うと、特注のドレスが何着もクローゼットにかけられ、宝石箱にはランベルから贈られた珍しい宝石やアクセサリーが納まっている。自分には不相応だと辞退したが、聞き入れてもらえなかったので大事にしまってあるのだ。

生活面も、エヴァしかいなかった世話係が、今では王族並みに揃えられていて何不自由ない。むしろ多すぎるくらいだ。

夫の待遇や実家への援助も、約束より良いものになっているという。

——私に何かできる事があるならば……。

隣に腰を下ろしたランベルが、そっとナーシャの手を取った。

「俺に触れてみてくれ」

青白いランベルの指先が、ナーシャを自身の身体へと誘導する。

戸惑いながらも任せていると、最終的に二人の手はランベルの股間へ行きついた。

「えっ……あ、の……」

「俺は手を放すから、君の意志で動かして欲しい」

生地の上からとはいえ、男性、しかも王太子のそこに置く自分の手を見て、ナーシャは羞恥と動揺で、全身が熱くなるのを感じた。

「俺も君に触れるから、躊躇わないで」

言葉の通り、ランベルのもう片方の手がナーシャの胸に伸び、ドレスの襟からしのばせて膨らみを探る。不慣れな手つきだった。

「ランベル様……、私、やっぱり……」

このまま男女の行為に走るのが怖くなり、腰を引く。

「大丈夫だから」

何が大丈夫なのかわからなかったが、そう言うランベルの表情には、どこか悲壮感が漂っていて、拒んではいけないような気がした。

動揺しながらも、ナーシャは震える指先に少しだけ力を入れてみた。場所を僅かにずらし、恐る恐る要望に応える。

けれど、ランベルの表情は変わらない。

顔だけではない。

彼の男性部分は、まったく変化していなかった。

――もしかして、ランベル様の悩みって……。

ナーシャの反応から察したのか、ランベルは自ら言葉にして告げてきた。

「俺は、不能なんだよ」

自嘲的な笑みは、今にも壊れそうだった。

ルトギニアの未来にもかかわる秘密の告白。その衝撃は大きかった。

ナーシャは無言のまま、思わずランベルの身体を両腕で包んだ。まるで、秘密を覆い隠すかのように。

半分開いたままの窓からは、激しくなった雨が少しだけ入り込み床を濡らしていた。次第に大きくなる染みは、内から湧き出るランベルの涙のように見えた。

「ステファン伯爵夫人、明日、うちの邸の夜会に是非いらして」

王宮に来て初めてサロンに誘われたナーシャだったが、それは宮廷楽師としてではなかった。

「ありがとうございます。お伺いさせて頂きます」

気は乗らなかったけれど、この王宮に居る以上、断ってばかりもいられない。自分の行動により、夫や実家、そしてランベルに迷惑をかけるかもしれないからだ。それはどうしても避けたかった。

お茶会をはじめ、ナーシャは誘われればできるだけ貴婦人たちの集まりに出席するようにした。時には婦人たちが好む恋の楽曲をせがまれて演奏する事もあった。

中でも禁断の恋をテーマにした曲は人気が高く、彼女たちは結婚してもなお恋をしているのかもしれないと切なく思う。

はじめこそ、あらぬ噂の的だったが、王太子の愛妾でありながら必要以上に着飾らず、奢り高ぶる事のないナーシャは、宮廷貴族や臣下、侍従や侍女から次第に信頼され始め、直接辛く当たる者はいなくなった。

――一人の男を除いては。

日曜日の昼間。

王宮内にある礼拝堂へ、ミサのために王族が移動する。

毎週この時は、少しでも王の目に留まろうとする貴族で行列ができていて、入口は近衛兵が警備にあたっていた。

その時ナーシャは、先日、ランベルが打ち明けてくれた悩みの事で頭がいっぱいだった。ナーシャも列に並ぶ。

——王太子殿下に私がしてあげられる事はある？

一人で悩んでも答えは出そうにない。けれど、誰にも話せない。

——エベラ国の公女との婚姻の日まであと僅かだわ。知られてしまったら彼はどうなるのかしら……？

ふと、ナーシャが顔を上げた時、礼拝堂の入口に立つ背の高い軍人と目が合った。

白地に青の折り返しが印象的な軍服、眩い銀色の肩章、そのすべてが彼のためにあるのではないかと思わせる強いオーラを放つ軍人——。

——ギュンター様……。

話せるかもという期待と、また無視をされるかもしれないという不安が入り混じりつつも、胸が高鳴る。

ソワソワしていると、いよいよ入口まで辿り着いた。

「こんにちは、少尉殿」

躊躇いがちに声をかけたナーシャに、ギュンターはまたあの睨むような鋭い眼差しを向けてきた。

「……よくものうのうと来られたものだな」

「……え？」

ギュンターのあまりの言い草に、一瞬、聞き間違いかと思った。

「ここが特に神聖な場所というわけではないが……。あんたに背徳感や罪悪感といったものはないのか？」

――背徳感や罪悪感？　それに今、あんたっておっしゃった？

決して、多くの言葉を交わしたわけではないけれど、まるで別人のようなギュンターの冷たさにナーシャはショックを受けた。

外気は暑いのに、二人のいる場所だけが冷え冷えとしているようだ。

「あ、あなた、いきなり何ですか？　軍隊では少尉か何か知りませんけれど、伯爵の奥様に対して失礼ですよ！」

隣にいたエヴァが憤慨する。彼は国王の息子であっても王族ではない。エヴァが言うように、伯爵夫人に対しての言葉遣いではなかった。

「ほう〝奥様〟という自覚があるのか？　国王と王太子を渡り歩いているような女に？　今から懺悔室にでも行って改心してきてはどうだ？」

吐き捨てるような彼の言葉に、ナーシャは背筋が凍り付き何も言い返せなかった。

——この方だけではない、きっと、世間は私をそのような目で見ている。愛妾という特異な存在は、一昔前なら姦通罪にあたる。今でも不貞を許せない人は多いだろう。

——でも、私は、……。

「あー」

ゴホン、といつの間にかナーシャの後ろに並んでいた男性が咳払いをした。急かされた事に気がついたナーシャは、言葉を呑み込み、会釈をして礼拝堂へ入って行く。

すれ違いざま、ちらりと視線をやると、ギュンターはもう別のところを見ていた。

頭の中で彼の言葉が繰り返し響く。

——私は、あのお方に嫌われてしまったのだわ。

そう思うと胸がズキズキと痛み、呼吸が苦しくなる。

なぜこんなにも苦しいのか、ナーシャにはわからなかった。

＊　＊　＊

「何度見ても、そそられんな」

王宮の軍事会議場に集められたギュンターを含む軍人たちは、王太子の婚礼の儀で護衛をするエベラ国の公女マルドナの肖像画を見せられていた。

「この絵は盛られていて、実物はもう少し老けているらしい」

先ほどから失礼な発言をしているのはクワディワフ王だ。ギュンターは未来の王妃の絵姿を改めて眺める。

輝く金髪、宝石を思わせる青い瞳、薄く小さく弧を描く唇に、ほっそりとした輪郭、敬虔な雰囲気は美女と言っても過言ではないが、女にふくよかさを求める国王の好みでないのは確かなようだ。

「あの奥手のランベルの妻になるのだから、年上の女房も悪くないと思わぬか？」

国王が一人の大臣に尋ねた。

「……さようでございますね。どのくらい年上なのでしょう？」

臣下が躊躇い気味に返すと、

「今二十一歳だと聞いた」

国王が絵を無造作にテーブルに置いて答える。ややざわついて顔を見合わせる臣下たちに言い聞かせるように国王は続けた。

「ランベルより五つ上であっても、れっきとした王女である事に変わりはない。男兄弟も含めて他にきょうだいが九人いるらしい。それの三女だ。多産家系のようだし問題なかろう」

——問題は、王太子殿下が公女をお気に召すかどうか、だと思うが。

ギュンターは、この政略結婚に疑問を感じていた。

随分前ではあるが、一時期、エベラ国は敵国ビルトと同盟を結んでいた事があった。ビルト国の植民地開拓により関係に亀裂が入り、エベラ国はその同盟を一方的に破棄したのだった。

そんな信用ならない国と複合君主制国家を目指そうとするとは、国王は軽率すぎる。そもそも宗教も習慣も違うのに、どうまとめるつもりなのか。

しかも、その国王に甘やかされて育った虚弱なランベル王太子は、あのステファン伯爵夫人を傍に置きたいがために今回の婚約を受け入れたのだという。

――もっと国のために頭を働かせろ。自分の父親と寝たような女のために国政を蔑ろにするとは。

「あり得ない、見た目に騙されやがって……」

ギュンターは誰にも聞こえないように小さく吐き捨てた。

半分血の繋がった弟ではあるが、ギュンターはランベルとはあまり接点がなかった。故に人柄もよく知らない。だが王太子であるにもかかわらず、国政に関心を持たず戦争に反対するだけの甘ったれだと思っている。

「何か不満そうだな、ギュンター」

端の席に座るギュンターの表情を見て、国王が片眉を上げた。

「……いいえ」

いくら実の息子とはいえ、ギュンターは国王に刃向かえるような身分ではない。実際、国王はギュンターの戦術や指揮能力を高く買い、戦地ではそれを発揮させるも、十八歳という若さもあり、軍隊の中ではまだその階級は低かった。

庶子であるギュンターにあまりに大きな力を持たせると、何かのきっかけで反乱軍を組織しかねない懸念もあるからだろう。ギュンターはその事にも不満を持っていた。自分はもっと昇進し、軍での影響力を高めたいと思っている。

「ところで、ギュンターはまだ結婚の予定はないのか？」

国王がからかうように聞いてくるが、ギュンターは少しも口元を緩めないまま、低い声で答えた。

「この国に本当の意味での平和が訪れるまでは考えておりません。早々に結婚して私が戦死してしまっては、相手を未亡人にしてしまうでしょう。このような会議をしている間にも、まだ激戦を強いられて何十人もの兵が命を落としています」

言い方はあくまでも丁寧だが、なかなか終戦に導けない国王の外交手腕や、今この会議室にいる幹部の士気の低さを皮肉る。

ムッとする大臣をよそにクワディワフは豪快に笑った。

「これは十二歳の時に軍に入隊した根っからの軍人だ。性に奔放だった母親が反面教師になったのか、色事を毛嫌いする節がある」

――性に奔放……。それをあんたが言うか？

この場にいた誰もがそう思っただろう。しかしもちろん皆、国王の機嫌をとるように笑うだけで諫める者はいない。

けれど、ギュンターは笑えなかった。

クワディワフの女好きには閉口するが、それ以上に、彼の言う様に夫がありながら複数の男と浮き名を流した母親には今でも嫌悪感があったからだ。

――そうだ。だから俺は今まで、女に現を抜かす事もなかったし、縁談も断ってきた。

それなのに……。

あの舞踏会の夜、あの女に声をかけてしまった自分が恨めしい。まさかあの後、この王宮で国王と一夜を共にし、それに飽き足らず王太子の妾になるとは思わなかった。

――清楚な顔をしたとんだ淫売だ。

おまけに王太子は、婚礼も近いというのに毎夜のごとくあの女の部屋に通っているという。

愛人が正妃の座を狙うのはよく聞く話だ。だが決してそのような事は許してはならない。ルトギニアが安定するまではエベラ国とは争ってはいけない。

そうしたギュンター独自の考えが、ナーシャへの冷たい態度に繋がっていたのだった。

婚礼の儀に際して、宮廷楽師たちが礼拝堂で本番さながらの練習をしていた。

軍事会議が終わり、ひとまず軍舎に戻ろうとしたギュンターだったが、荘厳な音楽を耳にしてその足を止める。

母親は嫌悪しているが、幼い頃から彼女の演奏に触れていたためか音楽自体は嫌いではなかった。

婚礼の儀には、およそ二十名の王族や婦人が、そして、回廊で見守る貴族たちを入れれば数百人がここに入ると言われている。

偵察も兼ねて中を覗くと、休憩か丁度曲の終わりなのか、楽師たちが楽器を置いているところだった。

その中にナーシャの姿を見つけた。

——なぜ、あの女がここにいる？

彼女が国王部屋付き楽師から王太子部屋付き楽師になったのはギュンターも聞いていた。だが楽師というのは、情交をするための建前だと思っている。

——人手が足らなくなったか？　……なんにせよ目障りだ。

苛立ちを覚えながらも、ナーシャとその隣にいるチェロ弾きとの会話に耳を澄ます。

「ナーシャが俺を紹介してくれて助かったよ。近頃、暑さのせいで音楽会自体が減っていたからさ」

「楽団の皆がどうしているのか気になっていたし、ここの礼拝堂楽団の何人かが食中毒で療養中と聞いたから丁度良かったの。何より、アントニに会いたかったから」

「ちょっと会わないうちに随分と口がうまくなったなぁ、本気にするぞ」

「言い間違えたわ、アントニの演奏が聴きたかったの」

「お決まりの落ちだな」

白い歯を見せてころころと笑い合う若い男女。

ナーシャの屈託のない話し方と笑顔から、二人の親密さが窺えた。

——やっぱり、そういう女なのだな。

舞踏会で感じたような整理できないもやもやした想いに苛まれるギュンターに、今度はナーシャが気づいた。

ついこの前ここで悪態をついた男に、ナーシャは躊躇う様子を見せず微笑みを浮かべて会釈をする。

——鈍感なのか？

ギュンターは顔を背けて無視をした。大人げないと思いつつ、そうせずにはいられなかった。

「あれ、ナーシャ？　どこへ？」

アントニと呼ばれていた男の声を遮って、それでもこちらに近づいてくるナーシャの気配は、ギュンターに動揺を与えた。

「こんにちは、ウランゲル少尉殿」

「……ぜ」

軽く膝を曲げて挨拶をする仕草は、優雅で可憐そのものだ。心のゆとりすら感じられる。

「え？」

――なぜ俺にそんな笑みを見せる？

「なぜまだ、ここにいる？」

つい、思っていたこととは別の問いを投げかけた。

「まだ、って……？」

ギュンターの凄味のある声が、ナーシャの顔に陰りを作る。

「王族との火遊びはもう十分に楽しんだだろ？　それともあんたは音楽家として必要とされているとでも思っているのか？　だとしたら身の程知らずだ。王太子の婚礼の儀が終わったら、さっさとこの王宮から出ていけ」

ギュンターは、己の言葉で深く傷ついただろうナーシャを一瞥し、その場を去った。

――なぜだ。あの女の事になると、苛立ちが抑えられない。

この感情が何なのか、ギュンターはわからなかった。

ギュンターは、国王の計らいで特例として八歳のころから士官学校へ入れられた。近衛兵になるための近道だったからだ。それ以来、軍人として己を律し、女性に対しても執着することはなかったというのに。

音楽家として成功するために美しさを武器として国王の愛人になった母。

まだ幼い自分を突き放し、音楽と数多の恋愛に走った自分勝手な女だ。

――あんなのは母親とは言わない。

ギュンターはポケットから懐中時計を取り出した。

母のような女に溺れたりしないという戒めのため、その懐中時計の中には、ウランゲル伯爵夫人の小さな肖像画が収まっていた。

＊　＊　＊

――嫌われているとわかっていたのに……。

それでもギュンターに近寄ったナーシャには、ある思いがあった。

――ランベル様は孤独だわ。お母さまの記憶がない中で、幼少期から一緒に過ごしたご兄弟もいない。

王太子という特別な境遇で、胸の内を話す相手はきっといないのだろう。

『俺の悩みを聞いてくれるか？』

『俺の家族は〝あの人〟だけ。この先も、恐らく、ずっと』

あの時のランベルの言葉が気になったナーシャは、身分は違えど、血の繋がった兄弟で仲良くなるきっかけはないかと模索していた。

――私がランベル様の悩みを漏らす事はできないけれど、二人が打ち解け合えたら自然とそんな話もできるようになるのではないかしら？

――それに……。

どんなに冷たい態度をとられても、舞踏会で真剣に演奏を聴いていてくれていた彼の誠実な姿勢と、鋭いけれどどこか憂いを含んだ眼差しが忘れられなかった。王太子への同情心とは別に、ギュンターと話をしてみたいという思いが抑えられなかったのだ。

けれどそれも、先ほどの冷遇で完全に萎えてしまった。

――〝出ていけ〟だなんて、よっぽどだ。

＊　＊　＊

長旅を経て、公女マルドナがエベラ国からルトギニアへ入国した。

国境から護衛にあたっていた近衛兵たちの中にいたギュンターは、他の兵たちの会話を聞くともなしに聞いていた。

「肖像画と少し違うな」

「少しどころじゃない。髪もブロンドというより橙色に近いし、艶はないし、いくら美人でも、あのそばかすも頂けない」

マルドナの馬車に付いていく兵たちの無礼な言葉をギュンターは気にも留めなかった。

しかし――。

「あれじゃあ、ステファン伯爵夫人に骨抜きにされた殿下が満足するわけないよ」

ナーシャの名前が出てきて、ギュンターは苛立ちを覚えた。

「そうだな、ナーシャ様はお美しいだけじゃなくて、お人柄もいい。どんな身分の低い者でも笑顔で声をかけてくれる、高貴さと愛らしさを兼ね備えた微笑みは天使のようだよ」

同僚レオンのうっとりした顔を見ていると、背後から馬で蹴り倒したくなった。

――どこまで八方美人なんだ。

ナーシャの良い評判を聞けば聞くほどなぜが焦りと煩わしさを感じる。

――マルドナ妃との間にお子ができれば、殿下のステファン伯爵夫人への寵愛は冷めていくだろう。そうすれば、この王宮にも居られなくなる。とっとと夫のもとに帰ればいい。

この時ギュンターは、国の平和のため、そして自身の気持ちを落ち着かせてくれるだろう重要な人物として、マルドナの輿入れを歓迎していた。

通常、同盟を目的とした政略結婚の場合は、公女といえど輿入れの際は祖国の物は何も持ち込まないのがマナーだが、マルドナは多くの侍女や家来を引き連れて国入りした。

「エベラの美女は細身が多いな」

なぜそんなマナー違反が許されたかといえば、侍女でも貴族でもお構いなしの女好きであるクワディワフ王が事前に認めていたからだった。

「お初にお目にかかります、マルドナ・ミネイト・エガナディと申します」

ルトギニアとの文化の違いを象徴する、祖国の民族衣装を纏った婚約者との対面に、ランベルは表情を崩す事なく静かに挨拶を交わしていた。それは緊張しているというわけでもなく、虚無の表情に近かった。

いた。

マルドナの護衛を任命されていたギュンターは、初顔合わせの場でその様子を見守っていた。

——もっと嬉しそうな顔をしろよ。花嫁だぞ。

——確かに肖像画より落ち着いた印象を受けるが、ルトギニア語を流暢に話し、身のこなしも優雅で知的さを感じさせる。洗礼を受けて改宗すれば良い妃になるのではないか？

それがギュンターの第一印象だった。

この場には王族のみが居合わせており、妾であるナーシャの姿はなかった。

——なるべく二人が顔を合わせないようにしなくては。

なぜならマルドナの祖国では、〝愛妾〟や〝公妾〟などは宗教上の規則で認められていないからだ。婚礼前にいざこざは避けねばならない。

その後、洗礼期間中に、ランベルとマルドナの婚礼の準備は着々と進んでいった。

結婚に際して一番の障害だった宗教の問題は、従順な態度で洗礼を受けるマルドナを見れば解決しているに等しかった。

「このままいけば、結婚はうまくいきそうだな」

クワディワフも臣下たちもそう信じて疑わなかった。

会議の後、庭を歩く国王と王太子の護衛をしていたギュンターは、二人のやりとりを黙って聞いていた。

「婚礼の儀など待たず、今日の晩餐の後にマルドナ妃を部屋に誘ってはどうだ？」

国王がランベルを煽るも、彼は静かに首を横に振った。

「私は、順序を大切にしていますので」

「相変わらず堅い男だな。妾にばかり注がずに、精力は初夜に残しておけよ」

「……」

下品に笑う国王とは対照的に、ランベルは暗い顔をして黙り込む。ギュンターもついナーシャとランベルの情事を想像しかけて苛立った。

――それにしても……。

ギュンターは、浮かない表情のランベルを見て不審に思う。

――緊張しているのか？　それとも何か笑えない事情があるのか？

「ギュンター」

後方にいたギュンターに国王が声をかけてきた。

「はい」

ギュンターが跪くと、ランベルもこちらを振り向いた。彼のグリーンの瞳が、従順な義兄の姿を虚ろに捉えている。

「もうここはよいから、マルドナ妃を中庭に呼んで来てくれ。たまには陽の出ているうちに外での食事もいいだろう」

王族というのは、時に財力を見せつけるために、自分たちの食事の様子を貴族たちにお披露目する事がある。ギュンターはそれをずっと滑稽に思っていたが、当然顔には出さず、頭を下げた。しかし、今からの中庭での食事には懸念があった。

「かしこまりました。しかし、この時間ですと、様々なご婦人たちが散歩されています。ステファン伯爵夫人も含めて……」

ナーシャの名前を出した途端、ランベルの目が揺らいだのがわかった。

「別に婚礼の前に顔を合わせても問題なかろう」

女の心情をまったく汲むことのないクワディワフは平然として言った。

「さようでございますね……」

ギュンターは、何も言葉を発しないランベルに冷たい視線を投げたかけた後、国王の命令通りマルドナのもとへ向かった。

本来なら側仕えのする仕事をさせられたギュンターは、不機嫌さを隠しきれなかった。マルドナの侍女の控えの間に行き、準備が整い次第中庭に下りてくるように告げると、女たちは恐れをなした顔でギュンターを見た。

――あからさまだったか。

彼女らは、母国語でギュンターの話をしているようだった。ギュンターは、母方のゲルマニア語と属国のカタルシニア語なら話せるが、エベラ国の言葉は少ししかわからない。居間から出てきたマルドナも、侍女たちと母国語で話を続けている。

ギュンターが聴き取れたのは、「無愛想」「美しい」そして「私生児」という言葉だった。

「お待たせいたしました。ウランゲル少尉殿。ご案内くださいませ」

マルドナはにっこりと微笑み、ギュンターにエスコートを頼んだ。だがその青い瞳は、澱んだ海のように暗く見えた。

――この妃……。

「かしこまりました」

ルトギニア語を流暢に話す、知的でしとやかな彼女の仮面の下には、別の顔が隠されているのかもしれない。

ギュンターは嫌な予感がした。

疑念を抱きつつ、国王たちの待つ中庭に下りて行くと、やはり途中で複数の貴婦人たちと遭遇した。

お披露目前にもかかわらず、皆マルドナの存在に気づき、未来の王太子妃へ続々と挨拶をしにやって来る。虫のようにどこからともなく湧いてくる様に、ギュンターは唖然とした。

「お目にかかれて光栄ですわ。マルドナ様」

「ご婚約おめでとうございます」

「お噂通り、細身で美しくていらっしゃる」

取り囲まれて身動きがとれない。

——これでは、陛下たちの待つ場所へはなかなか辿り着けないいな。

「ご婦人方、申し訳ないが……」

ギュンターが先を急ごうとしたその時、

「こんにちは。ナーシャ様、ご機嫌いかがですか？」

しゃがれた声が薔薇園の方から聞こえてきた。

見ると、園の片隅でスケッチをするナーシャと、彼女に親し気に話しかける庭師の姿があった。

「ルノーさんが手入れしてくださっている薔薇、日によって色が変化して描きがいがあるわ」

「薔薇ははじめは黄色味がかり、段々と退色して白から桃色、そして赤へと色づきますから」

エヴァがさす日傘の下、ナーシャは手を動かしながら屈託のない笑顔を見せる。

「ま、ステファン伯爵夫人ったらあんな所で絵を描いていらっしゃるわ」

マルドナを取り囲んでいた婦人の一人も、その様子に気がついた。

「あの御方が作られた薔薇の刺繍入りのカバー、孤児院でとても評判が良かったのよ。また新作のデッサンをされているのでは？」

「こんな陽射しの下、日焼けもされないわね、シミ一つないお肌」

注目の的が自分からナーシャへ移ったことに気づき、マルドナも薔薇園の方を見た。

「あのお方はどなたですの？」

――まずい。

「マルドナ様、急ぎましょう」

ギュンターは、今度こそ強引にマルドナをこの場から移動させようとしたが、婦人たちの口の勢いは止まらなかった。

「あのお美しい方はステファン伯爵夫人。ランベル王太子殿下の愛妾でいらっしゃいますの」

途端に、マルドナの顔色が変わった。

「ランベル様の……？」

やはり、その存在を知らされていなかったのだろう。

マルドナは、傍にいた侍女たちに母国語で何やら捲し立て、それまで振り撒いていた笑顔はどこへやら、鬼のような形相で踵を返した。

「マルドナ様！」

ギュンターは後を追おうとしたが、ふと、薔薇園でスケッチをするナーシャに目を奪われる。大して着飾らずとも、額に汗を浮かべて一生懸命に薔薇を描く横顔は、生命力に溢れ、眩しく映った。

――マルドナ様が乱れるのも当然だ。

その後、再び中庭に現れたマルドナは、一塗りも二塗りも化粧が重ねられていた。

ナーシャの存在を知ってから、マルドナのもう一つの顔が露わになった。

婚礼の準備で多忙なはずの彼女は、宮廷のあらゆる場所に出没し、ナーシャを見かけては、侍女と共に流暢なルトギニア語で貶めるようになっていた。

それは、『落ちぶれた下級貴族の娘がどうして王宮にいるか』といった、主にナーシャの出自を馬鹿にする内容だったが、『胸ばかりが立派な、カラスが濡れたような髪の女』といった容姿を見下す発言も多くあった。

嫉妬や劣等感からくるものだと誰もがわかってはいても、やはりれっきとした王国の姫であり、王太子妃になるマルドナの影響力は大きかった。

それまでお茶会やサロンに招いていた貴婦人たちも次第にナーシャを遠ざけるようになり、ごくたまにあった音楽家としての役目も皆無となっていった。当然、婚礼の儀での演奏も他の者に替えられたという。

それでも、ギュンターはナーシャに同情はしなかった。

――自業自得だ。

だから今までと同じように、ナーシャに会えば、「早く出ていけ」と冷遇した。

己に以前の静けさが戻るまで、もう少しだと思った。

婚礼の儀を目前に控え、ここ数日、宮廷貴族や軍人を招いての晩餐会が連日のように催されるようになった。

出席者の中にナーシャの姿はなく、婚姻が成立するまではマルドナに遠慮をしている様子が窺えた。

——しかし、近頃浮かれすぎではないか？

今夜の晩餐会には、護衛としてではなく伯爵として出席したギュンターだったが、あまりのバカ騒ぎ加減に居心地が悪く、早々に広間を出た。そもそもギュンターは、貴族の集まりは時間の無駄だと思っている。

王宮から出て、一度酔いを醒ますために中庭に行く。

国王が宮殿よりも金をかけたと言われる庭園は、月に照らされ、芸術的なタペストリー模様の芝生を浮き彫りにしていた。

園の隅では、噴水の裏に隠れてどこぞの貴族が逢い引きをしている。既婚者か秘密の逢瀬かは知らないが、こういった夜会では珍しくない事であった。

女の喘ぎ声が微かに聞こえてきて、嫌悪感が湧いてくる。

想像したくもない光景——王太子がナーシャを抱く姿——が脳裏に浮かんだ。

——どいつもこいつも……。

呆れたギュンターは、花壇に腰を下ろすと、滅多に吸わない葉巻を取り出して、持っていたオイルランプで火をつけた。気持ちを落ち着かせる鎮静剤のようなものだった。

——一応、見回りをしておくか。

祝賀ムードを免罪符にますます堕落しつつある宮廷に、不審者が紛れ込んでいるかもしれない。舞踏会で空騒ぎをするよりも仕事をしている方がずっと気楽だったギュンターは、離宮の方から見回る事にした。

——ここは宮廷画家や楽師たちが居る間か。やはり静かだな。

自身の靴音だけが響く静かな王宮に、ふと、聞き覚えのある音色が聞こえてきて、ギュンターは引き寄せられるようにそちらに向かう。

——重厚なメロディ……この音は、ヴィオラか。

曲も彼がよく知っているものだった。なぜなら、昔、母親が好んで弾いていたからだ。

【ヴィオラ独奏のパートを持つ協奏曲　神々の讃歌】

——演奏をしているのは、恐らくステファン伯爵夫人……。

舞踏会で聴いた彼女の音をギュンターは覚えていた。

躊躇いつつも、ギュンターは音の聞こえてくる部屋の前で立ち止まり、ヴィオラの美しい旋律に心地よく身を任せた。

だがよく聴いていると、音が悲しいものに思えてくる。

気になってさらに近づこうとした時、靴のつま先が扉に当たってしまった。

演奏がピタリと止まる。

「どなたですか……？」

か細い声と共に扉が開いた。

「ウランゲル少尉殿……どうされたのですか？」

驚きに見開かれた彼女の目には、キラリと光るものがあり、演奏しながら泣いていたのだと気づく。

「夜分に失礼。音が漏れていたもので……」

「あ、ごめんなさい、うるさくしてしまって」

楽器を置いて謝るナーシャに、「いや……」とギュンターは答えた。

したたかだと思っていたナーシャの意外な一面を見てしまい、ギュンターは動揺を抑えるように室内を見回した。

――贅を尽くした部屋だ。これが楽師の部屋なのか？　まるで妃の間のようだ。

ギュンターの言いたい事がわかったのか、ナーシャは一枚の楽譜を見せて言った。

「この楽譜は、こちらの引き出しに入っていたんです」

ナーシャの言わんとすることがわからないまま、ギュンターはそれを手に取り、最後の自筆サインを見て、「あ」と声を漏らす。

【マリーナ・ドロティア・フォン・ウランゲル】

母であるウランゲル伯爵夫人の名前だった。

「ここはきっと、ウランゲル伯爵夫人が使っていた部屋なのだと思います」

ナーシャは確信めいた顔で言った。

「楽師の部屋にしては贅沢すぎます。きっと寵愛していた方のために用意されたのだろうと思っていました」

ナーシャは煌びやかな部屋の装飾を見渡した。

「ならば、使っていた期間は短かっただろう。陛下は母が出産したと同時に関心を失くして王宮から追い出したと聞いている」

吐き捨てたギュンターを宥めるようにナーシャは続けた。

「では、その短い間にこの曲が生まれたのは奇跡に等しいですね。ウランゲル伯爵夫人の初めての作曲だと私は聞いております」

「そうなのか？」

——だからあの人は、これをよく弾いていたのか？

ナーシャはギュンターに椅子を勧め、「紅茶を飲まれますか？」と尋ねた。

「茶は結構。……その曲名の【神々の讃歌】というのは、どの神を指すんだ？」

ギュンターは、ずっとその曲名に疑問を抱いていた。

自分の母は特に信仰深かったという記憶がなかったし、宗教音楽とは思えない悲壮感の漂うメロディは、小夜曲(セレナード)に近いものがあったからだ。

「この曲の題材は、古代の神話であって、私たちがお祈りをしている神ではありません」

「神話……、お伽話か。どんな内容だ？」

開けられていた窓から蝋燭(ろうそく)の火を目がけて虫が飛んできたが、二人は動じなかった。

小さな羽音だけが部屋に響く。

ギュンターは、自分が憎いと思っている女となぜこんなふうに話しているのか、自分自身の気持ちがわからなかった。

ナーシャは子供に教えるように、作曲の元となったといわれる神話をギュンターに話して聞かせた。

神話など関心のなかったギュンターだったが、火に照らされ、静かに話すナーシャの顔はどこか神聖で美しく神々しいとさえ思った。

ギュンターの嫌う淫らな女であるにもかかわらず。

「神ミコーズは、湖の女神ホアがナターナ神族の主神パピアと不倫をしてできた子供でした」

思わぬ言葉に、ハッとする。

――お伽話に不倫だと……？

「ミコーズは腹違いの兄であるミンティのもとで武勇に優れた神に育ちましたが、領土を与えられていない事に不満を持ち、実父のパピアに所領の権利を主張しました」

「……みじめな神だな。それは本当に古代神話なのか？　俺の母が創作した話じゃないのか？」

ギュンターは、ミコーズに自身の姿を重ねて鼻で笑ったが、ナーシャは微笑んで、「有名な神話ですよ」と続けた。

「安易に領土を与えたら不倫がバレてしまうと考えたパピアは、ミンティの所領である妖精郷を与える代わりに、ミンティに馬と一番の美女を用意するようにとミコーズへ条件を出すのです。ミコーズは、竪琴を弾くエティという評判の美女を見つけ出したのだけれど、困った事に、エティはミコーズの事を好きになってしまいました」

――竪琴を弾く美女……。

ギュンターはふと、エティをナーシャに重ね合わせた。するとより一層、話にひきつけられる。

「きっと、兄のミンティよりミコーズの方が、よほど見た目が良かったんだろうな。でなければ女は財や権力を持つ方を選ぶだろ？」

やや卑屈な茶々を入れるが、

ナーシャは、「どうでしょう？」とまったく呑気な様子で首を軽く傾げて立ち上がった。

豪華な本棚から古めかしい神話集を取り出し、ある頁を開いて見せる。

「これがミコーズの姿だと言われています」

本の挿絵には、背中に羽を生やし、乳首と股間のみを紐で隠した男が、空に向かってキスを放つ様子が描かれていた。しかも、男の頭には小鳥が四羽止まっている。

「こいつ、頭大丈夫か？」

ナーシャはクスクスと笑った。

「皆に愛される妖精王ですよ」

ナーシャの屈託のない笑顔に一瞬見とれる。つられて笑いそうになるのを堪えて、ギュンターは続きを聞いた。

「で、このめでたい神はどうしたんだ？」

ナーシャは、蝋燭の芯が長くなっているのを気にしつつも、芯切り係を呼ぶのは悪いと思ったのか、そのまま話し続けた。

「ミコーズは、十年という期限付きで兄の花嫁になってもらうように説得しました。エティは兄ミンティのもとへ嫁いだものの、ミンティの正妻フォーナが嫉妬してエティを蝶に変えて吹き飛ばしてしまいます……」

――正妻フォーナはまるでマルドナ妃だな。

「エティは長い間彷徨って、ミコーズのいる妖精郷に辿り着きました。自分の後ろを付いて回る蝶がエティだと気がついたミコーズは、花の蜜を与えて呪いを解こうとするのです」

「飯を食わせて解けるような呪いなのか」

ギュンターの子供のような屈託のない返しに、ナーシャの頬が緩む。

「その解呪は完全ではなくて、エティは夜の間しか人間の姿に戻れませんでした。それでも二人一緒に居るうちに惹かれ合って恋仲になるのです。でも、まだ怒りの収まらないフォーナにエティは再び吹き飛ばされてしまう」

「またか……自分の夫じゃなくてもダメなのか」

「エティが幸せになるのが許せなかったのでしょうね。それから、怒ったミコーズは逃げるフォーナを走って追いかけてその首をはねました。エティは彷徨い続け、ボロボロになってミコーズに再会することができましたが、彼は気がつかずに既に別の恋をしていました」

「……それで終わりか？」

「いいえ、あ」

蝋燭の芯から、煤（すす）が出ているのに気づき、ナーシャがそれを専用の鋏（はさみ）で切ろうとする。

「俺がやる」

しかし、ギュンターは彼女の手から鋏を奪い、慣れた手つきで炎を消さないように芯を切った。煤と悪臭が部屋から消え、その動きを瞬きもせずに見つめていたナーシャと目が合う。その茶色の瞳は澄んでいてギュンターを惹きつけた。

——悪意のない純真な目。どうしてこんな目ができる……男たらしのくせに……。

そこではっとしたギュンターは、ぎこちなく視線を逸らした。

——騙されるな。こいつは不純な女だ。

「で？　女は蝶として息絶えたのか？」

再び椅子に腰を下ろしたギュンターは、ごまかすように続きをせがむ。

「いいえ」

「エティは王女アイルの胎内に入り込み、娘エティとして生まれ変わったのです。でも既に千年の時が過ぎていたため、エティの竪琴を聴いても、ミコーズはエティを思い出さなかった」

「千年……さすが神話だな」

柱の振り子時計が深夜を知らせる。

――は。何を寛いでいるんだ、俺は。大体、ここへ何をしに来た？

部屋から出なければ、そう思うのに、ギュンターの腰は上がらない。それに気になることもあった。

「さっき……」

「え……？」

部屋へ入った時に見てしまったナーシャの濡れた瞳を思い出し、ギュンターは涙のわけが知りたくなった。

マルドナの苛めやギュンターの厳しい態度が一因であるのはわかっていた。……だが、

「夫の伯爵が恋しいか？」

破廉恥な行いをしつつも内心は一途だったのではないか、そうであって欲しいという願望も込めて尋ねた。

ナーシャは少しの間を置いて、長い睫毛を下ろす。

「いいえ」

ハッキリと答えた。

「泣きたくなったのは……確かに家が恋しいのもあるかもしれないけれど、私が帰りたいのはあの人のもとではありません」

「あの人って……、夫婦だろう？　俺にはわからないが、他人には見えない絆があるんじゃないのか？」

——いや、これはあくまでも俺の理想論だ。

ナーシャはギュンターから視線を外し、ぼんやりと部屋の寝台を見た。

「……私たちは、まだ、本当の夫婦ではありません」

「本当の、とは？」

ギュンターは訝しげに眉をひそめ、躊躇いがちに話すナーシャの口元を見つめた。口端が少し震えている。

「私は、実家の借金と引き換えに買われた……あの人にとっては、ただの人形でした」

低く絞り出すような声だった。

——貴族や富豪が、貧しい家の娘を借金と共に請け負うのはよくある話だ。それが若くて美しい娘なら尚更。

「人形のように大事にされている、という事か？」

言いながら、矛盾しているな、とギュンターは思った。

——もし、俺が夫なら、大事な妻を一人で王宮に送り出す事はしない。たとえ、出世の足掛かりになるとしても。

「私は恥をしのんであの人にお願いした事があります。『私を事実上の妻にして欲しい』と」

震えるナーシャの目から押し出されるようにして流れてくる涙を見て、この時ようやくギュンターは事を理解した。

「……それでも、夫は私を抱きませんでした」

結婚してから一度も夫婦関係がないというのだ。驚きのあまり、ギュンターは声を詰まらせた。

――そんな事があるか？　いくら若くない男の再婚とはいえ、これほど美しい女を妻として傍に置いておきながら、手を出さないなど。

「……まさか、伯爵は女に興味が持てないのか？」

貴族に男色家は多い。だが、宗教上認められていないため、表向き妻を娶る者もいるという。

だが、ナーシャは小さく首を横に振った。

「あの人は小さい女の子がお好きなようです。特に四、五歳くらいの……」

「……最悪だな」

知らされた事実に、ギュンターは言葉を続けられなかった。

彼女が、夫の性嗜好に気がつくのに時間はかからなかったという。

「幼い女の子を見る目が、父性とか、そういうものを超えていて……」

疑いが確信に変わったのは、寝室のクローゼットにあった、亡き前妻の日記を読んでからだという。それは震えた筆跡で書かれていた。

『夫が、姪のイレナをこっそり寝室に連れ込み、卑猥な事をしていた。まだ四歳のイレナは遊びの延長だと思い、されるがままだった』

ショックを受けた前妻は塞ぎ込み、病気がちになって、ついには亡くなったのだという。

「それでも夫が再婚したのは、世間体と、跡継ぎ問題があったから……子供ができなければ、私の弟に継がせる約束を婚前契約書に記載していました」

「……」

——だから、舞踏会で夫に寄り添う彼女は、あんな所在無げな顔をしていたのか。

いや、自分はどこかでわかっていたのではないか、彼女と母は違うのではないかと。

それなのに、母と無理やり結び付け、自分勝手な感情をぶつけてしまっていた。

目の前で悲しみに震える彼女は、鳥籠に囚われた小鳥のように見えた。

——母は自分で鳥籠から飛び立つ人だった。だが、この人は……。

待っているのではないか。籠から出してくれる手を……。そして、その手を差し伸べるのは、自分でも良いのではないか。

そんな妄想をする己の感情にはっとし、ギュンターは椅子から立ち上がった。

「長々と居座って済まなかった」

ギュンターは後ろ髪引かれる思いで入口に向かう。

「私こそごめんなさい、こんな話をして……」

ナーシャも後悔したように俯き加減に謝る。

「……いや」

――不思議だ。これまで姿を見ればあんなに苛立っていたのに、今は穏やかな気持ちでいられる。

「俺こそ、あなたを誤解していた。一方的に決めつけて……」

ナーシャに向けた失礼な態度の数々を思い出したギュンターは、申し訳ない気持ちから言葉を詰まらせた。

「いいえ……」

首を横に振り、

「おやすみなさい」

と、柔らかい表情で見送るナーシャに、ギュンターは軍人としての最敬礼をした。

あんなにフランクに話していた後に急に堅苦しい挨拶をしたギュンターに、ナーシャは思わず笑みを零す。

白い歯を隠さずに自然に笑うナーシャは年齢よりも幼く見えた。

この笑顔こそ彼女の本質なのかもしれない。

部屋を去り、離宮を出て、不意に足を止めたギュンターは、ナーシャの演奏室を見上げた。あれからすぐに休んだのだろう。窓から灯りは消えていた。

――つまり、彼女の初めては、陛下ということか。

苛立ちが込み上げる。しかし、その矛先はこれまでのようにナーシャではなかった。

――だが所詮、俺には手の届かない女だ。

兵舎へ戻る前に、ギュンターはまた一本、葉巻を口にして心を静めた。

第三章　葛藤

「マルドナ様の指輪がやっとお決まりになったそうよ」

「サイズが合わなかった上に、お気に召したデザインがなかったとか」

「コルセットも古臭い慣習だって拒絶なさっているのですって」

周囲の配慮か、ナーシャがマルドナに会うことはなかったが、ナーシャの耳にもマルドナの噂は入ってきていた。

マルドナははじめこそ従順だったが、婚礼の準備が着々と進む中、ルトギニア独特のしきたりや儀式に鬱憤がたまっていたらしく、段々と本性を露わにしてきたらしい。

「祖国でしていた狩猟や乗馬をしたいとおっしゃったのですが、結婚前に何かあっては大変と、猟への同行のみ陛下が許可されたのだそうですよ」

ルトギニアでは、狩猟や乗馬は王族と貴族男子の特権であり、女性が趣味で行った例はなかった。

朝の湯浴みの世話をするエヴァがマルドナの情報を教えてくれたが、ナーシャは「そう……」と乾いた返事をするだけだった。自分には無縁な催しだったからだ。

沐浴を終え、エヴァに髪を拭いてもらい、丁寧に櫛を通す。

マルドナがこの黒髪をカラスと揶揄していたと聞いたが、ナーシャは母譲りであるそれを気に入っていて一部の貴族で流行っている銀色のかつらや髪粉は使用しなかった。

「おはようございます、ナーシャ様」

軽い朝食を済ませたナーシャのもとに、国王付き側仕えのシモンがやって来た。

浮き立つエヴァに反して、ナーシャは彼の訪問は良くない知らせに違いないと身構える。

「急ではございますが、本日の狩猟にナーシャ様もご同行頂きたいと陛下がおっしゃっています」

「え？」

エヴァや給仕係が顔を見合わせる。

急務がない場合、国王が日課として狩猟を週に二、三度しているのは知っていたけれど、ナーシャは女で、経験もなければ王族でもない。

「なぜ、私が？」

思わず怪訝な声を出してしまう。

「マルドナ様もご同行されますし、他のご婦人方も昼食会に出席されます故、その時に演奏をして頂きたいと……」

貴族が狩猟の合間に、外で食事を楽しむことが最近流行しているという。

森の中で、自ら獲ってきた食材を使った豪勢な料理に舌鼓を打ち、酒と女を楽しむ。それに音楽を添わせるのはよくある事だった。

「王太子殿下も猟を？」

「いいえ」

ナーシャの問いにシモンは即答した。

「殿下は動物を殺したくないと、これまで一度も同行された事はございません」

「そう……」

――ランベル様らしいわ。

ランベルが行かないのなら、その妾である自分が行くのは控えたいと考えたけれど、シモンの口から意外な名前が出てきた。

「陛下だけでなくマルドナ様も、野外に適した明るい音楽をナーシャ様に演奏して欲しい、と仰っています」

「野外専用の楽師も居るのに、わざわざナーシャ様をお呼びするなんて、あのお方の悪意が感じられます。体調不良だと言ってお断りしては？」

エヴァの忠告に心が揺らぐが、ここで望まれる演奏をする事にこそ存在意義があるのではないか。そう思い、ナーシャは承諾することにした。

「支度が出来次第、向かいます」

不意に、あの夜ナーシャの前で最敬礼をしたギュンターの姿が脳裏に浮かんだ。

――護衛を務めるあのお方に会えるかもしれない。

ナーシャの胸は自然と高鳴った。

狩猟の森は、王家の領地ではあっても王宮からかなり遠く、馬で移動しなくてはいけなかった。参加する者たちが出発前に庭に集まる。

「見ろよ、馬に跨がっているぞ」

国王をはじめ参加する貴族たちは、男装風の乗馬服を纏うマルドナを見て驚いていた。

女性が馬に乗る際は、ドレスのままサイドサドルで横乗りし、男性が馬を引いて移動するのが主流であり、マルドナの男乗りは極めて斬新だった。

一方、乗馬経験のないナーシャは、馬を御する男性の後方に乗るしかなかったのだが、どの貴族もマルドナに気を遣っているのか、ナーシャを乗せたがらない。

「あぶれておいでよ」

貴婦人たちが順に騎乗していく中で取り残されるナーシャを、マルドナとその付き人たちが嘲笑っていた。

――これが目的だったのだろうか？

冷たくせせら笑う声を聞きながら、ナーシャは来た事を後悔しそうになっていた。

だがその時、

「遅れて申し訳ございません。午前の演習が長引きまして」

はっとするようなよく通る声が聞こえ、顔を上げる。

騎馬兵を引き連れたギュンターが軍服姿で現れ、空気が一変した。

婦人や令嬢たちの視線が彼に集中する。

「私、ウランゲル少尉殿の後ろに乗りたいわ」

「ダメよ、あのお方はマルドナ様の護衛に……」

「一番勇ましくあられるのに、護衛が必要？」

色めき立つ女たちを無視して、ギュンターはまだ騎乗できていないナーシャへと視線を移した。

「おはようございます、ステファン伯爵夫人。珍しく狩りにご同行ですか？」

国王や王族の次に彼が真っ先に挨拶をしたのがナーシャであった事に、周囲の者はざわめいた。マルドナと同様に、彼もナーシャを毛嫌いしていると宮廷でもっぱらの噂だったからだ。

「おはようございます、ウランゲル少尉殿。ええ、演奏する機会を頂いて」

ナーシャが優雅な身のこなしで挨拶をする。

それでも、ギュンターの口から次に出る言葉は、必ず皮肉であると誰もが信じて疑わない様子だった。しかし、

「それは楽しみですね。【神々の讃歌】がまた聴けるのですか？」

彼がにこやかに返すと、皆、揃って拍子抜けした。マルドナも同じ様子だった。

先日、二人で話した時とは打って変わって畏まった表向きな言葉がおかしくて、ナー

シャは顔を綻ばせた。

「あれは悲しい曲でしたので、ピクニックにふさわしい楽曲を考えております」

「ピクニック用の楽曲か、それはいい……」

少し歪んだ、それでいて親近感のある笑顔を見せたギュンターは、同僚のレオンにナーシャを乗せるよう指示した。

「え、い、いいのですか？　俺なんかの馬で」

どこか嬉しそうなレオンを前にして、ナーシャもやっと事が進んで安堵した。

「よろしくお願いいたします。私、結構重いのですが、馬は平気かしら」

「軍馬は重い荷物も載せるから平気ですよ」

同僚の代わりに答えたギュンターが、サイドサドルを馬に装着させた。

「これで、安定して乗れます」

続けてナーシャに手を差し出し、騎乗を補助する。

「あ、ありがとうございます」

手袋越しであったが、その大きな手に触れた時、ナーシャの体はじわっと熱くなった。

ナーシャの体を下から支えるギュンターの視線は、以前とは明らかに違っていた。

「お気をつけて」

鋭さは残っていても、包み込むような温かさがあった。

＊　＊　＊

「どういう心境の変化で？」

ギュンターの横に並んで馬を走らせるマルドナが低い声で尋ねてきた。

「何のことですか？」

「少尉殿も私と同じく、あの卑しい人を蔑んでいらっしゃると思っていたのに」

――卑しい……。

「私は何も変わっていませんよ。ただ、あれ以上出発が遅れると、安全に狩猟ができないと判断し、乗馬を促しただけです」

――果たして、本当に卑しいのは誰だろうな。夫人の身を差し出した伯爵、所望した国王、王太子ではないか。

ギュンターは前方のナーシャが乗った馬を見つめた。

指示通りゆっくりと移動するそれに、もうすぐで追いつきそうだった。

整備されていない地を踏む馬は、時に大きな揺れを起こす。

咄嗟にレオンの腰を摑むナーシャを見て、ギュンターはまた葉巻を吸いたくなった。

――この距離が自分と彼女に許された距離だ。……所詮、手の届かない人なのだ。

＊　＊　＊

静寂な森に銃声が鳴り響く。

「さすが陛下、もう十頭目ですよ」

貴族たちが、次々に獲物を狩る国王に媚びへつらっていた。

一方、森の中の少し開けた場所では、召し使いたちがテーブルに白いクロスをかけ、シェフが料理を運んでいく。酒も、ワインとシャンパンが用意され、殿方たちを待ち切れない女性陣は、菓子をつまみにグラスを傾けていた。

話題はもっぱら、森の奥まで狩猟に行っているマルドナや王族の事だった。

「まさかエベラ国のお姫様があんなじゃじゃ馬だったなんて」

「ねぇ？　きっとランベル殿下は、尻に敷かれるわよ」

「敷かれるのじゃなくて上に乗られるのでしょ？」

「意外とウランゲル少尉殿とは相性が良いのでは？」

「そういえば、最近の陛下は愛人を増やさないわね、もう打ち止めかしら」

下世話な話に花を咲かせる貴婦人たちの陰で、楽師たちと音合わせをするナーシャは汗で額が濡れていた。

木陰はあるものの、うだるような暑さで倒れそうだった。

――やはりエヴァに来てもらえば良かった。

楽器を弾いているので、自身では日傘を差せないし、扇で風を扇ぐ事もできない。

喉も渇いていたが、まだ酒類しか用意されてないために手を伸ばさなかった。

その時突如、ラッパ奏者が音を出す。

「あら、マルドナ様を筆頭に王族の皆様がお帰りよ」

ようやく猟を終えた王族たちが獲物を土産に満足気に戻ってきた。

中には、小さな子鹿の死骸もあって、料理人のもとへ運ばれていくのを見たナーシャは気分が悪くなった。

外での食事とは思えないくらいの料理がテーブルに並ぶ。

ハーブのサラダに、豆のポタージュ、鳥の丸焼き、魚介類とサフランのパエリア、乾燥フルーツ入りのケーキ。強い香りが森に漂う。

「この野兎のワイン煮込みも絶品だが、久しぶりに生牡蠣(なまがき)を食べたいものだ」

肉に食らいつくクワディワフの食欲は止まらない。

貴族たちが食と会話を楽しむ脇で、ナーシャたちはひたすら音楽を奏でた。

基本的に明るい曲を演奏しているが、時に貴婦人からセレナードをリクエストされれば、それに応じた。

「ステファン伯爵夫人。貴女もこちらでご休憩なさったら？」

一人の婦人が声をかけ、にこやかにナーシャへ休憩を促した。

他の楽師も炎天下で疲弊しているのが見てとれたため、演奏は一旦中断される事になった。

宮廷楽師は収入が不安定な者が多いので、こういった機会では皆、遠慮なく食事にありつく。

ナーシャも席に着き、豪勢な料理を眺めるが、どうにも手を付ける気になれなかった。

――だめだわ。気持ちが悪い……。

ナーシャの気分をよそに、傍で骨にしゃぶりつく猟犬が、近寄る影に唸り始めた。はっとして顔を上げる。

「ステファン伯爵夫人。さっきからまったく召し上がっていないけれど、ご体調が優れないのじゃなくて？」

影の主は男装風の乗馬服を纏ったマルドナだった。

ズボンを穿く女性はルトギニアではまず見かけないため、そのいでたちはナーシャから見ても新鮮だった。

「いいえ、ご心配をおかけして申し訳ありません。暑さで食欲が遠のいてしまって」

それは本当だ。森の中は宮殿内より清涼感はあっても、今日の日差しは肌を焦がす。

「せめてお飲み物だけでもとられたら？」

マルドナがワインを勧める。

「……お酒は……」

演奏に響く、と断りたかったが、普段、悪態ばかりついてくる相手が心配してくれるのは正直嬉しくて、ナーシャはグラスを受け取った。

ワインは渇いた喉に熱を伴って染み渡る。体が余計に火照ってきた。

「ミセス・ステファン」

上機嫌のクワディワフが、久しぶりにナーシャに声をかけてきた。

「また、『弦楽のためのダクティヨ』を弾いてくれないか」

禁断の愛がテーマの楽曲だ。国王のお気に入りであったし、ナーシャの十八番でもある。

ナーシャは快く「かしこまりました」と答えて、ヴィオラを手にする。……が、

——おかしい……。

この時、自分の体に異変を感じた。

空き腹に酒が効いたのか、動悸に続いて手足が冷たくなり、痺れてきたのだ。

いや、ただ酒に酔ったのとは違う。けれど、国王直々の依頼を断るわけにはいかない。

演奏を始めたものの、弓を持つ手が震え、左手もうまくフレットのきわを押さえられない。

——吐きそう……。

明らかにいつもより劣る音色はノイズのようだった。

不快な表情を浮かべる王族や貴族が視界に入る。

「素人以下の演奏ね」

反してマルドナの歪んだ笑顔が不気味だった。

——何か、ワインに入れられた？

ナーシャがそう疑ったのと同時に、目の前が真っ暗になった。

「きゃぁ……！」

婦人たちの悲鳴が響く。

地面に倒れ込む寸前、逞しい腕がナーシャの体を支えた。

「暑気あたりだ」

覚えのある声に、重い瞼を少し上げる。逆光でよく見えなかったが、ナーシャにはそれが誰だかはっきりわかった。

――あのお方だ……。

黒髪、鋭い目。

固く引き結ばれた唇から再び声が漏れた時、完全に意識を失った。

＊　＊　＊

「砂糖と塩を混ぜた水をくれ」

従医が駆け付ける前に、ギュンターが周囲の者に指示を出す。

水が来るまでの間ナーシャを横たわらせ、他の婦人が持っていた扇で風を送ってやっていた。

「衣類を少し緩めて、汗を拭きとってあげて欲しい」

更にギュンターが婦人に頼むと、「お医者様みたいですね」と感心された。

「夏の戦地ではよくある事です」

どこぞの侍女がナーシャのドレスとコルセットのリボンを緩めると、汗で濡れた胸元が露わになる。男たちのいやらしい視線から守るように婦人たちが囲んで汗を拭い、ギュンターもその様子から視線を外した。

「ギュンター様、夫人がお飲みになりません」

気を失っているせいで、飲ませるのに難儀しているようだ。ギュンターは見かねて傍に寄った。

ナーシャの顔色は、白色を通り越し、青色にさえ見えた。

――気を失っていては仕方あるまい。緊急事態だ。

ギュンターは、銅の水差しから自身の口に水を含むと、ナーシャの後頭部を腕で抱えたまま唇を重ねた。

周囲から悲鳴のような声が聞こえたが、構わず何度も口内に液を注ぐ。するとようやく、ごくりと喉が鳴った。

ナーシャの瞼が少し開く。黒い瞳孔がギュンターを捉えると、驚いたような表情を見せた。

羞恥からなのか、青白かった頬がほんのり赤く色づくのを見たギュンターは、自身も同じように耳が熱くなるのを感じた。

まるで、穢れを知らない少女にとんでもないことをしてしまったような感覚だった。戸惑いに身を固くした時、丁度侍医が到着した。

「ナーシャ様は大丈夫だろうか」

来る時にナーシャを乗せたレオンが、先に王宮に戻ったナーシャを心配した。馬は軽快に進み、目の前には広大なバーソビア王宮が見えている。

「平気だろう。意識は取り戻していたから」

ギュンターは王族の護衛にあたりながらも、眼裏にちらつく汗に濡れた肌の残像や、柔らかな唇の感触に心を揺らしていた。

「しかし役得だな。救護とはいえ、あのナーシャ様にキスをしたんだろう？　男たちがしばらく騒いでいた」

レオンの羨む声が、ますます己を戒める。

「キスと言うな。あんなの役得も何もあったもんじゃない。所詮人妻、おまけに殿下の妾だろ」

――俺は欲しくない。欲しがってはいけない。

「別にいいじゃないか、貴婦人たちは結婚してからやっと男遊びができるようになるんだぜ？　あーあ、俺もお誘いがあればいつだってご奉仕して差し上げるのにな。特にナーシャ様みたいに可憐で美しい女性なら……」

鼻の下を伸ばして妄想に走るレオンをつい叩く。

「……って！　なんだよ、やっぱりギュンターもナーシャ様に気があるんだろう？」

「くだらん」

ギュンターは、王宮に戻り任務を終えるや否や、モヤモヤする気持ちを吹き飛ばすように、一人で馬を走らせた。

林を抜け、小高い丘から王都を見渡す。

建物や人々、生活、すべてにおいて洗練された都を。

日が傾き、城壁の影がどこまでも伸びる。

――今は何時だ？

懐中時計を取り出す。針より先に視界に入った若き日の母親は、記憶にある姿と何一つ変わらない。

『貴婦人たちは結婚してからやっと男遊びができるようになるんだぜ？』

レオンの何気ない言葉が、母への思いをまた歪んだものにする。

――夫を裏切り、ここに来て国王に抱かれ、俺を産み、幸せだったのか？　こんなふうに憂いの想いで外を見た事があったのか？

ナーシャの涙を思い出しながら、風にさらされたギュンターは顔を上げる。

夕と夜の間で、空はオレンジとグレーのグラデーションを作っていた。

「お前の母親は男狂わせだ」

父親だと思っていた男から吐き捨てるように言われたのは、ギュンターが五歳の時だった。

それまでも何となく自分に冷たいと思っていたけれど、ギュンターの容姿がますます母親に似てくると、顔を合わせる度に、母親とギュンターを酷い言葉でなじるようになった。

「何だその目は？　俺を馬鹿にしているのか？　本当にあの女にそっくりだな！」

酔っている時には、目つきが気に食わないと叩かれる事もあったが、決まってその時は母親はギュンターの傍にいない。音楽家として成功していた母は家を空ける事が多く、ギュンターが受ける仕打ちには気づいていなかった。

「演奏会だとか言いながら、どうせ男と会っているんだ。そういう女だよ、お前の母親は……」

ぶたれた頬をさすりながら溜息をつく。はじめこそ恐怖に震えていたが、こんな生活が二年も続くと、子供ながらに義父を滑稽に思うようになっていた。

――これだけ悪く言うのに、この人はなぜ、お母さんを突き放さないのだろう？

上級貴族である義父は、特に母の収入を当てにしているわけでもなく、母がいなくても生活になんら支障は無いはずだった。

「ほら、あの子がルトギニア国王の息子だってよ」

まだ認知はされていなくても、大人は容赦なく好奇の視線を向けるし、義父や母もギュンターの出生を次第に明らかにするようになった。

自分が他国の王と母の不貞の末に生まれた子であると認識したのは七歳の頃だった。

その頃には「男狂わせ」の意味もわかるようになっていた。

母が当時、浮名を流していた詩人と別邸で逢い引きしているのを目撃したからだ。

珍しく息子を連れての外出先で、ギュンターが近所の子供たちと遊んでいた束の間の出来事だった。

何気なく赴いた二階から、甘い囁きと男女の喘ぎ声が聞こえてきた。

「マリーナ、愛しているよ」

寝室に男を引き込み、淫らに絡み合う母を見た時の衝撃は大きかった。心臓がドクドクとなって苦しかった。

子育てに熱心でなく、あまり傍に居なくても、たまに母親らしく本を読んでくれたり、勉強を見たり、目の前でヴィオラを奏でたりしてくれていた。人並みに慕っていたのだ。

——乱暴にしないで！

激しい男女の営みは、幼いギュンターには暴力的に見え、恐ろしかった。

同時に、嬌声を上げてよがる母の表情も、純粋な心を酷く痛めつけた。

関係が冷えきっていたはずの義父も母を罵(ののし)るくせに、時々は同じように母の身体を貪る獣になった。

皆、母に「狂っている」のだと思った。

すっかり淫猥なイメージが定着した母が、唯一気高く見えるのが、音楽を奏でている時だった。劇場で、ヴィルトゥオーゾの腕前を披露し観客の羨望と拍手を浴びる母親は、ギュンターの誇りでもあった。だから、義父も母を手放さないのだろうと幼いながらに思った。

複雑な家庭環境にピリオドが打たれたのは、それから一年後の事だった。

折檻と呼ぶにふさわしい暴力がギュンターを襲った。原因は、母にまた新しい愛人ができたからで、いつにも増して義父は荒れていた。

「今度はカタルシニア人だとよ！」

義父と二人きりの夜、長い間執拗に殴られた。いつもは痕が残らない程度だったが、この時、義父の手にはナイフまで握られていた。

——殺される！

「何をしているの!?」

恐怖のあまり、声も出せず震えていたギュンターの耳に、険しい母の声が届いた。

予定より早く帰宅した母の登場に、義父は慌てふためいていた。

このときようやく義父の虐待に気がついた母は、鬼のような形相で駆け寄り、いきなりギュンターの手を引いて、邸から飛び出した。

ギュンターは嬉しかった。さっきまで感じていた痛みや恐怖が吹き飛んだ。

——僕のためにお母さんが逃げてくれる。僕の事だけを考えてくれている——と。

しかし……。

「前々からおかしいと思っていたけど、やっぱりね」

暗闇を勢いよく走る馬車の中で、母は忌々し気に吐き捨てた。

「なぜ何も言わなかったの？　あんたは男でしょう？　やられっぱなしなんて情けないわ」

「……え」

労わるどころか、被害者のギュンターが悪いと言う。

「……だって」

「だってじゃない。自分の命を守れないなら、大切な人も守れないのよ」

厳しい目をしたまま、まだ八歳の息子に自己責任を説く。

母の冷たさに痛みがぶり返してきて、顔や腕がジンジンとした。

それでも、あの男のもとから連れ出してくれた事は嬉しかったし、自分を強くしようと、ルトギニアへと渡ることにした決意にも、ギュンターは感謝していた。根底には愛情があると信じていたからだ。

「たぶん、これがギュンターとの最後の晩餐ね。国王の計らいで特別に士官学校へ入れる事になったから」

だが、ルトギニアにある老舗レストランで食事をした後、母はギュンターを士官学校へ送り出した。

「強くなりなさい、そしたら国王にも認められるから」

その時、母の傍には既に、カタルシニア人の愛人が寄り添っていた。

＊　＊　＊

あのような倒れ方をしたのは初めてだった。

王宮に戻ったナーシャは侍医の手当てを受けて回復したが、心配したランベルが部屋を訪ねてきた。

ここ数日、規模の大きな晩餐会が続いていたため、久しぶりの訪問だった。

「無理をして行く必要はなかったんだよ」

ランベルが悲哀の漂う表情で、猟に同行したことを咎める。彼は動物の乱獲には反対の立場だからだろう。

「ええ、でも、せっかくの機会だったので……」

ほとんど活躍させてやることできなかったヴィオラに視線を移し、ナーシャは小さな溜息をついた。

「あまり演奏できなくて残念だったね」

肩を落とすナーシャの背に回り、ランベルがそっと抱き締めた。

「俺は君にずっとここに居てもらいたい。だからこそ、君から音楽を取り上げてはいけないね」

「ランベル様……」

優しい声が耳にかかり、とてもくすぐったい。ランベルのことは嫌いではないが、恋人同士のような甘い行為には違和感を覚えている。

「婚礼の前夜祭で、君が演奏できるように取り計らうよ。元々礼拝堂でも君に弾いてもらいたかったんだ、俺は」

ナーシャが振り向くと、ランベルがナーシャの唇に視線を落とした。

「……ギュンターが、君を介抱したってね」

その言葉に心臓がピクリと跳ねる。

少しだけ暗さを見せる彼のグリーンの瞳から、ナーシャは思わず目を逸らした。

倒れた時に支えてくれたギュンターの力強い腕の感触を思い出したからだ。

「そのようです。私、まだお礼も言えていなくて」

腕だけではない、重ねられた唇の感触も、ナーシャに後ろめたさを感じさせた。

「……俺が代わりに伝えよう。君は余計な事を考えずに前夜祭の本番まで腕を磨いていればいい」

ランベルの唇が、ナーシャの頬を這う。

いつもしている事なのに、ナーシャは急にそれからも逃げたくなった。

「ランベル様、私、やっぱり、今夜は早めに床に就きたいと思います」

「そうか……」

ランベルの顔が曇ることに胸が痛んだが、今は一人で居たかった。

――マルドナ様も、私さえいなければ心穏やかでいられたはず。妾という存在は、きっと誰も幸せにしない……。

「わかったよ。おやすみ。今日はゆっくり休んで」

「ありがとうございます。おやすみなさい」

ランベルを見送ったナーシャは、森で汚れてしまったヴィオラを抱え、ある決意をした。

――次の前夜祭で、音楽家として誰にも認められなければ出ていこう。きっと、ランベル様なら許してくださるはずだわ。

一瞬、ギュンターのことが頭を過ったが、考えまいと振り払った。

けれど、出鼻をくじかれるとはまさにこの事だった。

婚礼の前夜祭の前日、ナーシャのヴィオラの弦が切れてしまったのだ。

換えれば済むという単純な事ではなかった。ヴィオラは弦を換えると当分音が下がるため、音楽家は大事な演奏の前には十分に気をつけている。それでも切れてしまった場合は予備の弦に張り替えるしかないのだが、その弦もナーシャの部屋から紛失していた。

――変だわ。この頃は温度も安定していて弦には影響なさそうだし、切れる予兆もなかったのに。それにどうして予備の弦がなくなっているのかしら……。

小間使いと一緒に布団を外に干している間、誰かが部屋に侵入して盗っていったのだろうか。一体、誰が？　何のために？

不気味さで身が竦みそうになるが、何とかしなくてはと気を取り直す。身近な所で調達しようと、王宮のヴィオラ弾きたちの部屋を訪ねて回るが……。

「人に分けるほど持っていませんよ」

分けてもらえないかお願いしたものの、楽師のほとんどは経済的にゆとりがないから、自分の予備以外は持っていない。おまけに演奏に加わったり外れたり、結果的に楽団を振り回しているナーシャを、楽師たちは快く思っていないようで、あっさりと断られてしまった。

――どうしよう。明日までに手に入れないと……。

ナーシャは王宮の外の工房で調達するために馬車を手配しようと従僕を探したが、どういうわけか、こんな時に限って見つからない。

居ても立ってもいられず直接厩舎に赴くと、丁度、軍事会議が終わり馬の手入れに来たギュンターにばったりでくわした。

「こんな所に一人で来るなんてどうした？」

周囲を見回し、ナーシャの傍に付き人が居ない事にギュンターが驚く。

ナーシャは彼の口元を見て、つい唇の感触を思い出し、気恥ずかしくなった。

「……先日は、色々とご迷惑をおかけいたしました」

とりあえず森で介抱してくれたことの礼を言うと、ギュンターの頬が心なしか赤らんだように見えた。

「……礼を言われるほどの事でもない。暑気あたりの対処法を知っているのが俺しかいなかっただけだ」

「おかげで助かりました。医師が言うには、適切な処置がない場合は命を落とす人もいると……」

「貴女は、脱水症状だったのに酒を飲みすぎたんだろう」

「……」

――お酒はそんなに飲んでいなかったと思うのだけど……。

そう思いつつも、ナーシャは言葉を呑み込んだ。どんな事情があるにせよ、体調管理は本人の責任だからだ。

ギュンターは、黙りこむナーシャを尻目に、厩舎の掃除を始めた。残っていた馬糞を取り除き、手際よくゴミを集めている。

庶子とはいえ、国王の息子で国軍の少尉という高貴な身分であるのに、馬の手入れも含めてとても慣れた手つきだ。この前も蝋燭の芯切りを見事な手さばきでやってのけていた。

――このお方にできない事はあるのかしら？

ナーシャはつい見とれてしまっていた。

「ご自分でされるのですか？」

「戦場では馬丁がいつも居るとは限らないからな。それに、自分の馬は自分で手入れしたい。……それで貴女は、何をしにここへ？」

　再度ギュンターが尋ねてきて、ナーシャは躊躇いながらも経緯を話した。

「そうか。しかし楽器の弦を売る店を知っている御者は少ないだろうな。場所はわかるのか？」

「場所はわかりませんが、工房の住所なら控えています」

　父が存命の頃は、何でも用意してくれていたから、ナーシャは与えられたものを手にし、演奏するだけだった。だが、今は違う。自らヴィオラを欲し、必要なものは行動を起こさないと手に入らないのだと実感している。

「なら、俺が連れて行こう」

　ギュンターの言葉に、ナーシャは素直に顔を輝かせた。

　ルトギニアでは、若い女や高貴な婦人が一人で出歩く事ははしたないとされ、ナーシャも必ずお供を連れていたからだ。

「でも、お忙しいのでは？」

「午後から非番だし、たまには町の様子も見たい」

　そう言うと、ギュンターは自分の馬を連れ、厩舎を出る。ナーシャもそれに付いて行く。

「許可を取らなくてもいいのですか？」

「俺の馬車と御者を使うから問題ない」

　馬に巻かれたベルトの金具を馬車と繋げる作業も、ギュンターが慣れた手つきでこなしていく。

馬車の準備が整い、しばらくしてやって来た御者に工房の住所を伝えると、知っている所だったようでナーシャはほっと安堵した。

クーペと呼ばれる二人乗りの馬車に乗り込んだナーシャは、遅れて乗り込むギュンターを見て、不思議な気持ちになった。

「家族や従僕や夫以外の男性と二人でお出かけするなんて初めてです」

「そうか……そうだよな。配慮不足だった。誰か他の奴も連れて行くか？」

ギュンターが気兼ねするような表情を見せ、ナーシャは慌てて首を横に振る。

「いいえ、大丈夫です。ただ新鮮に思っただけです」

既婚女性がこうして夫以外の男性と馬車に乗るのははしたないと言われるかもしれない。それでもナーシャは、頼りがいのある彼と外出する方が安全なような気がした。

夫と乗っていた大型の馬車ではこれほど密着することはない。馬車の揺れで肩が触れ合うたび、ナーシャの心は密かに高鳴っていた。

十六世紀から続くというその工房は、街の中心地からやや離れた湖畔の傍にあり、近くには広大な農園もあった。聞けば、ヴィオラの制作者は、工房が儲かり過ぎて別荘まで購入しているのだという。

「最近はオペラが流行っているせいか、ヴァイオリンなどの弦楽器がとても人気なんだよ。

新作の依頼が後を絶たない」

弦を売ってくれた職人はそう言いながら忙しそうに工房へ戻って行った。

満足気に弦を受け取ったナーシャを見て、ギュンターが小さく首を傾げる。

「そういえば、俺はヴァイオリンとヴィオラの違いがよくわからないんだが、何が違うんだ？」

「え？　あぁ……それは……――」

ナーシャはその違いを説明しようと思ったが、音楽には初心者のギュンターに、まず大きさの違いを話そうか、それとも音域から説明しようかと少し考える。

「何だ、面倒か？」

「当たりです」

「……随分と俺への対応が雑になってきたな。そういう一面もあるのか」

「きっと、ウランゲル少尉殿だからですよ」

「それは喜んでいいのか？」

「さぁ」

ナーシャが笑って首を傾げると、ギュンターもつられるように笑う。

普通なら叱られるような素の言動も、ギュンターは優しい目をして反応してくれる。とても新鮮だった。

その後、馬車の前まで来ると、彼は、はたと空を見上げた。

「このまま王宮に戻るには惜しい陽気だな。狩りにでも行くか？」

ナーシャも顔を上げる。確かに、雲一つない見事な晴天だった。けれど――。

「狩りは……もう」

狩りにはいい思い出がないし、自分が役に立つとは思えない。

ナーシャが顔を曇らせると、「だろうな」とギュンターはおかしそうに笑って、ナーシャの手を引き客車へ入るように促した。その時不意に、彼は飾り気のないナーシャの首元に視線を落とす。

「ならば、ケラコフ市場に行ってみようか。珍しい物があるかもしれない」

ギュンターがひらめいたように頷く。

「ケラコフ？」

ピンと来ずに尋ねると、ギュンターは驚いたように言った。

「ケラコフを知らないのか？」

「……ええ」

ナーシャは知らず知らずのうちに声を落として頷いた。

ステファン伯爵により、ミサと演奏会以外は、ほとんど外出させてもらえなかったため、領地以外のことは知り得なかった。

ギュンターによると、ケラコフ市場はルトギニアで二番目に大きな都市にあり、ここからそう離れてはいないらしい。

「大陸最大の市場だと言われている。知らなくて損していた分を取り戻すか」

ギュンターの言葉に、子供のように胸を弾ませたナーシャは、「はい」と笑顔で返事をする。馬車はギュンターの指示する方に走った。

市場では多くの人々が行き交っていた。

色んな市が立っている中で、特に織物市では、ルトギニア特有の二重織の絵織物や、外国の珍しい模様の織物や布地がたくさん売られていて、商人や富裕層の人間が集まっていた。

このような場所へ来たのは初めてで、ナーシャは自然と心を躍らせた。

「マルドナ様がお召しになっていた服と似たような柄がありますね」

ナーシャが指さしたそれは、マルドナが国入りした時に着ていたエベラ国の民族衣装に似た鮮やかな柄の布だった。

「確かにそうだな、あの場にいたのか？」

「いいえ、遠目から眺めておりました。素敵な衣装だなって」

ナーシャはその布を手に取って見つめる。だがマルドナの事を思い出し、気分が沈むのが自分でもわかった。

「買うのか？」

それを察したように、ギュンターがナーシャの顔を覗きこむ。

「そうですね、どうしようかな……？」

珍しくて素敵な柄だが、見る度に彼女のことを思い出しそうだ。悩んでいると、ギュンターがその布を取り上げ、元の場所に戻した。

「買わなくていいんじゃないか？　もっと貴女にふさわしい柄がある」

ギュンターがゆったりと辺りを見回しながら言った。

「そうですね」

「今日は日頃の鬱憤を晴らすといい。買い物はいい気分転換になるだろう」

「はい」

何となく嬉しくなったナーシャは、雑貨売り場へ向かった。

「このカチューシャ、エヴァに似合いそう。あ……馬の玩具、弟たちが喜ぶかも。お母さまにこの陶磁器の皿セットを贈れたら……」

目を輝かせて市場を歩き回るナーシャの後をずっと付いて回っていたギュンターは、市場のおよそ中間地点に着たところで、半分呆れ顔で言った。

「さっきから人の物ばかり買っているが、自分には何も買わないのか？」

ナーシャは足を止めて考えた。

「……ええ。必要な物はランベル様がすべて与えてくださっているから」

――……本当にそうかしら？

言われてみるまで気づかなかった。

けれど確かに自分は何かを欲しがったりした事がない。もしかしたら、自分が欲しいものがわかっていないのかもしれない。

「そうだよな、あらゆる物を持っていても、貴女は身に着けないもんな」

何もないナーシャの指先や首元を見て、ギュンターが小さく笑った。

「だからこそ、貴女が本当は何を欲しているのか、それとも根っからの他人本位なのか気になるのかもしれない」

探求するようなギュンターの眼差しを感じても、ナーシャ自身、心の中で「わからない」と答えるしかなかった。

「お待たせいたしました。待ちくたびれたでしょう？」

買い物を済ませたナーシャは、店外で待っていたギュンターに声をかけた。

「……いや。全然」

ナーシャは手ぶらの彼を見て、散々買い物に付き合わせた上に、誘ってくれたギュンターが何も買っていないことが気になった。

「ウランゲル少尉殿は何か見られましたか？」

「ああ。面白い香水が色々あった。神話に因(ちな)んだものとか」

「買われたのですか？」

ナーシャは意外に思った。

「いや……」

ギュンターが、ナーシャの手荷物を見て奪い取る。

「たくさん買ったな。荷台に乗せよう」

「あ、ありがとうございます」

落ちないように隙間なく物を積んでいく彼の動きは本当に無駄がない。軍人としての技能なのか、こんな小さな事でも器用さが表れている。言葉には出さないけれど、本当に頼れる男性だとナーシャは思った。

——それにしても、あっという間に時間が過ぎた気がする。

今が何時なのか気になったナーシャは自分の手荷物の中を見て、時計を持って来ていない事に気がついた。

「どうした？　時間が気になるか？」

ナーシャの様子に気がついたギュンターが、ポケットから時計を取り出す。

その時ナーシャは、ギュンターの懐中時計に入っていたウランゲル伯爵夫人の肖像画を見た。

「素敵、ですね」

これほど小さくて精巧な肖像画を見た事がなかった。

そして、〝似ている〟と思った。艶やかな黒髪も、一見、きつく見えがちな鋭い眼差しも、ギュンターにそっくりだと思った。

「これは、俺が入隊する時に、あいつが勝手に作って荷物に忍ばせていたものだ。貴女はファンなんだろう？　欲しいならやるよ」

ギュンターは一瞬、ばつが悪そうに笑うと、それをナーシャに突きつけた。

あいつ、という言葉から、彼の母親に対する複雑な感情が垣間見える。けれど慕っている部分もあるのではないか、とナーシャは思った。

「こんな大切な物、頂くわけにはいきません。離れて暮らす我が子に自分を忘れないでいて欲しいと思って渡したのではないですか？」

「別に、生きているしな、お互い。会おうと思えば会える。そうしないのは、それなりの理由があるからだ。……それに、自分の肖像画を入れて時計を作らせるなんて、自己陶酔にもほどがあるだろう」

「……でも、貴方は今まで持っていらっしゃった。……捨てる事もせずに」

ナーシャが声の調子を落として言うと、ギュンターは決まりが悪そうに時計をポケットに仕舞った。

「単なる自分への戒めだ」

「……どういう意味ですか？」

ギュンターはさらに投げやりな言い方をした。

「こんな破廉恥で強かな女に捕まらないようにと、常に自分に言い聞かせている」

「どうしてそこまで……」

――産みの母親を悪く言うのだろう？　やはり、夫がいながら国王の愛人になったからだろうか？　そしてそれをバネに音楽家として飛躍したから……。

そう考えたナーシャは、自分もギュンターの母と似たような境遇である事を思い出した。だからあんなに嫌われていたのだろう。

人の気持ちはそう簡単には変わらない。もしかしたら、今も軽蔑されているのではないか――……。

心の曇りが顔に出たのか、そんなナーシャを見て察したようにギュンターが呟いた。

「……貴女は違う」

「え？」

「この時計はオークションにでもかけて儲けよう」

〝違う〟の先が聞きたかったのに、ギュンターは更に母を貶める事を言う。

「……本気ですか？」

「冗談だ。こんなもの、恥さらしにしかならない」

「……」

難しい、とナーシャは思った。

地位のある者ほど、良い親子関係を築くのは簡単ではないのかもしれない。

――この方も、ランベル様も。ならば、せめてご兄弟の間だけでも……。

「ウランゲル少尉殿は、寂しくはないのですか？　ご兄弟のランベル様と二人でお話ししたり、どこかへ出かけたりする事はないのですか？」

「なんだ、唐突に」

ランベルの名前が出た途端、ギュンターは不快そうに眉をひそめた。

「ランベル様はきっと、胸の内を話すお相手がいらっしゃらないのだと思います。お身内にも、周りの家臣にも……せっかくお近くにご兄弟がいらっしゃるのに親交がないのももったいないと言いますか、お寂しいかと……」

「……これから国を背負っていく人間が、そう簡単に胸の内を人に話してどうする？　大体、もうすぐ結婚する男が寂しいなどと思うわけないだろう？　そもそも、俺と殿下は一般の兄弟とはわけが違う。親交など持たない」

ある程度予測していた答えだったが、ナーシャはやはり二人に歩み寄って欲しかった。

「一般の民とは違う、お国を担う方だからこそ、強い味方が必要だと思うのです」

ギュンターはそれにふさわしいと思うし、人柄からして秘密を守ってくれそうな気がした。何より、ランベルの性的不能の問題は、ナーシャだけが抱えるには大きすぎる。

「何か、殿下から聞いているのか？」

それでも直接話す事はできない。ナーシャが口を閉ざすと、ギュンターは少しだけ表情を緩めて言った。

「まぁ、いい。今は、王族の話はしたくない。そんな事より俺は腹が減った」

自身の腹部をさすってみせる。

「そう言えば、お食事、済ませていませんものね」

ナーシャも空腹と喉の渇きを覚えた。

「では、ついでに食事をしていこう。店は俺に任せてくれるか？」

「ええ。もちろん」

食事をする店など知らない。そもそもルトギニアでは、酒場以外では数えるほどしかそういう場所はなかった。

ギュンターが御者に行き先を告げて馬車が動き出す。揺れる度に、彼からほのかな花の香りがして、ナーシャは心地良さを覚えた。


古い建物の地下にあるビアセラーへ着いた時は、もう夕方だった。

改まった店構えは歴史を感じさせる。今より百年以上も前に開業した老舗のレストランらしい。

「お酒を飲むお店なのですか？」

「料理がメインだが、ビールも出してくれる」

「ビール……」

ナーシャはそれがどんな味がするのか想像できなかった。ルトギニアでは酒類といえばシャンパンかワイン、蜂蜜酒（ミード）だったからだ。

「まだまだ修道院と僧侶が独占しているが、段々と市民にも製造法が浸透してきた飲み物で、夏の渇いた喉には最適だ。貴族の間では邪道だから、貴女は飲んだことはないだろう。か弱い貴婦人には向かないかもしれないが……」

「私だって飲めます」

ギュンターがいかにも美味いという顔をして挑発するから、ナーシャは思わずそう言ってしまった。その顔があまりに真剣だったからか、ギュンターが目尻を下げて笑う。

店内は、丸い木製の椅子が温かみを醸し出しているが、王宮さながらのシャンデリアや壁の絵画は重厚で、不思議な空間を生み出していた。

容姿も動作も洗練された店員が、紳士や淑女たちを席へ案内する。

その中の一人の客が、ナーシャたちを見て、おや？　という表情をしていたが、気にせず席に着いた。

料理を待つ間、先に届いたビールで乾杯する。ゴクゴクと喉を鳴らすギュンターにつられて、つい多めに口に含んだナーシャは、予想外の苦さに戸惑った。

――何、この味……。騙された？

眉間を寄せたのを見て、ギュンターが可笑しそうに笑っていたが、ナーシャも次第に美味しいと感じ始め、何となく気分も陽気になった。

「ここはルトギニアの伝統料理が美味いんだ」

「来店された事があるのですか？」

「一度だけ。士官学校へ入る前に母親に連れて来られて。それがあいつとの最後の晩餐だった」

　ギュンターは懐かしむような憂いのある瞳で、卓上の蝋燭の火を見つめた。

　親元から離される幼き日の彼を想像し、ナーシャは胸が痛くなった。

「最後だなんて……。もう、ゲルマニアへはお帰りにはならないのですか？」

「あぁ。俺が帰る場所などないから」

「……」

　切ない答えに続ける言葉が見つからない。

　――この方の強さの裏には、語り尽くせない悲しみがあるのかもしれない。

　ナーシャが声もなくただギュンターの顔を見つめていると、彼は「……あ」と、何かを紡ぎ出そうとした。

　だがそれは、「お待たせいたしました」と、店員が料理を運んできたことで遮られた。

「お熱いのでお気をつけください」

　見るからに美味しそうな、パンに包まれたスープだった。

「パンが器になっているのですね」

　その可愛らしい外見にナーシャの口元は緩んだ。

「珍しいだろう？　この味が忘れられなくて、ずっと来たいと思っていたんだ。貴女のおかげで、やっと来られた」

　ギュンターの言葉に、ほのかに胸が熱くなる。

それが酔っているせいなのか、ナーシャにはわからなかった。

ギュンターがスプーンで生地を破ると、クリミーさと酸味の効いた香りが漂う。

「美味しい……」

思わずナーシャも呟く。独特な味だったが、ビールと同様、初めての味わいが癖になる。

それから、豚肉を使った煮込み料理に、チーズとバジルのサラダ、好物である無花果を使ったケーキが出された。王宮で出される料理よりずっと家庭的なのに、味は絶品。

普段は小食のナーシャが、お腹が膨れるまで食べた。

ケーキと一緒に出された珈琲も、ナーシャにとっては初体験だった。

紅茶と並んで、ルトギニアではまだまだ高価である上に、国によっては〝悪魔の飲み物〟として禁止されるくらいに珍奇なものだったからだ。

「これも苦いわ……」

一口飲んだナーシャが顔をしかめると、ギュンターはまた笑った。最初の頃とはまるで違う柔らかい笑顔に、ナーシャは親近感を抱く。

「酔いも醒めるだろう。俺は紅茶よりもこっちの方が好きなんだ」

満足そうに熱い珈琲を味わい、それを見たナーシャも香ばしさを楽しむ。

会話は少なくても、ナーシャは二人でいるこの穏やかな時間が心地良かった。

自分を愛していない伯爵の妻という立場や、王太子の妾である現実も忘れられる。

――これを飲んだら、また王宮に戻らなければいけない。

時を惜しいと思ったのはこれが初めてだった。

「お食事中、失礼」

その時、近くにいた男性客が声をかけてきた。

「人違いじゃなければ、ウランゲル少尉殿に、ステファン伯爵夫人ではございませんか？」

二人は同時に顔を上げ、声の主を確認する。

ナーシャはすぐにわからなかったが、ギュンターは軽く会釈をした。

「ケアン・トゥーゴと申します。いつだったか舞踏会でご挨拶をさせて頂きましたね、夫人？」

男が左手を差し出して、ナーシャはようやく、ダンスの時に断った相手だと思い出す。著名な伝記記者であり、過去には軍にも所属していた、極めて王族事情に詳しい人間だ。

「……こんばんは。ご無沙汰しております」

挨拶するナーシャとギュンターを交互に打見ると、トゥーゴは冷ややかに言った。

「珍しい組み合わせですね。二人きりでお出掛けとは、王太子殿下はご存知なのでしょうか？」

「それを貴方が知る必要はないでしょう」

トゥーゴの倍をいく冷淡な口調でギュンターが返す。

どんなに貴族の不貞が黙認される世であっても、王太子の妾が、その腹違いの兄と親密な関係である事を疑われると、醜聞になる。ナーシャは経緯を話そうとしたが、これまで見たことがないほどギュンターの冷淡な雰囲気に、言葉を呑み込むしかなかった。

トゥーゴは屈辱的に顔を歪めた後、ギュンターから視線を外してナーシャを見た。目をいやらしく細め、口の端を歪める。

「ステファン伯爵夫人。高貴な男たちを次々と骨抜きにするという噂は本当だったのですね。あなたに何人の愛人がいらっしゃるかは存じ上げないが、そのうち私も買って頂けませんか？」

——買って？

ナーシャは、トゥーゴの嘲り（あざけり）に顔を曇らせる。彼のナーシャを見る目は卑しく、買えと言ったのに逆に値踏みされているように見えた。

「今、世間は王族の性事情に興味津々ですよ。他国ではそういった著書がよく読まれている。是非私に、貴女の性交中の声を書かせて欲し…う…っ！」

だが、トゥーゴの言葉は途中で遮られた。

ギュンターが彼の顔を摑み、身体ごと床に叩きつけたからだ。

勢いよく床に倒れた彼のもとに、連れの女性が走り寄る。

「妻を連れていながら、よくもそんな下衆（げす）な発言ができたものだな。だからあんたは二流記事しか書けないんだ」

言い放った後、ギュンターはそのままナーシャの手を引いて出口へ向かう。その双肩はいきり立っているように見えた。

「大丈夫なのでしょうか？」

「何が」

「好き勝手に書かれてしまいませんか？」

「書かせておけ。王家のスキャンダルなど、どうせ検閲にかかって潰される」

騒然とする店内を振り返り、不安が残る。

けれどナーシャは、先ほどのギュンターの言葉に喜びを感じていた。

『あんたに背徳感や罪悪感といったものはないのか？』

『出ていけ』

——あれほど、私を蔑んでいらしたのに。

ナーシャを嫌っていたはずのギュンターが、侮辱から遠ざけようとしてくれた事が嬉しかった。

「バーソビア王宮へ戻ってくれ」

ギュンターが御者に告げると、馬車は復路を辿る。近道を選んだせいか、行きよりも揺れを大きく感じた。

空は既に暗く、雲が月を隠すと、心まで闇に呑まれるような気がする。

——楽しい一日が終わってしまう。

話していないと、寂しくて泣きそうになる。

——そうだ。

「さっき……」

ナーシャは店内での事を思い出した。

「何か言いかけましたよね？」

「いつの話だ？」

「店で料理が運ばれてくる前です」

ギュンターは暗闇の中、眉をひそめた。

「そんな前の事など覚えていない。……貴女は、他人の言ったことをそんなに記憶しているのか？　おかしな人だ」

続けて、く……と声を出して笑う。

「そんなに笑う事ですか？」

「あぁ、……逆に聞くが、貴女は俺に何か言いたい事はないのか？　聞きたい事とか。珈琲を飲み出したら急に寡黙になって、そしたらあの馬鹿記者が現れた」

ギュンターが鼻から息を漏らしたのがわかった。恐らく、思い出して憤慨しているのだろう。

「何でもお尋ねしていいのですか？」

ナーシャはおずおずと言った。

「俺が答えられる範囲なら」

ギュンターが少しだけ身構えたのがわかった。

いくらナーシャが王太子の愛妾でも、軍事機密などは絶対に漏らせないからだろう。

「では、お聞きします」

ナーシャは声のトーンを下げた。今から聞く事は内密にすべきだからだ。

「あぁ」

「国王付き側仕えのシモン様は、陛下の愛人なのでしょうか？」

途端、彼が噴き出した。

「何だ、それは」

「ごめんなさい。侍女が知りたがっていたもので」

隣でギュンターが肩を大きく揺らすのを見て、ナーシャは、やはりこの方は一見冷淡に見えても、本質は明るくて笑い上戸なのだと思った。

「いや、こちらこそ答えられないで申し訳ない。まったく興味のない事なものでな。そんな話題が出るとは、王宮は平和なようだ」

「そうですね」

ギュンターにつられるようにナーシャも笑い出す。

結婚をして王宮に妾として入っても、少女のように素でいられるこの瞬間を、ナーシャはかけがえのないものに感じた。

ひとしきり笑った後、外に視線を移したナーシャは大きな建物に目を奪われる。

「あれは、建設中のオペラ劇場ですね」

「そうらしいな」

ギュンターも外に視線を移す。

ルトギニア初の国立劇場。数千人の国民を収容できると言われているが、完成にはまだ数年かかるらしい。

「近くで見てもいいですか？」

言葉には出さなかったが、そこで演奏することはナーシャの憧れであり、漠然とした夢でもあった。

ナーシャの脳裏に、幼い頃に父と赴いた演奏会の情景がぼんやりと浮かんだ。

「未完成のものを見て何になる？」

そう言いつつも、ギュンターは御者に停まるように指示すると、馬車から降りるナーシャをエスコートし、劇場に近寄った。

完成を急いでいるのか、建設作業員が貴重な燃料を使用し、灯りをつけて作業している。

闇に浮き上がる圧倒的な建築美を前に、ナーシャは息を呑んだ。

周りには広大な公園もあり、ルトギニアのかつての英雄像と共に、現国王であるクワディワフの像も建てられていた。

「まだまだ国の情勢が不安定だというのに、金の無駄遣いだと思わないか？」

ギュンターが巨大な建物を見上げたまま眉をひそめた。

「ええ」

ナーシャは彼の意見も理解できた。

ナーシャの故郷を含め多くの町はまだ戦争の爪痕を残したままで、再建できていない所は多いし、貧困に苦しむ国民が多くいるのも事実だ。

「でも、この劇場が……音楽が必要ないかと聞かれれば、そうだとは言い切れません」

──それは、私が楽器を弾いているからじゃない……。

「不穏な世の中だからこそ、人々にとって音楽や娯楽は必要だと思いますし、王侯貴族だけが芸術に満たされた生活を送るのは不平等であると思っています」

絶対王政を否定するような発言をしたナーシャを、ギュンターはぎょっとしたように見つめて言った。

「それは、宮廷で口にしたら処刑ものだぞ」

「……ええ、そうですね。ここを離れたら、このような戯言(ざれごと)はお忘れください」

地面に落ちていた新聞に視線を移して、ナーシャはなおも続けた。

「オペラをはじめ、ルトギニアに音楽が浸透した背景には、マリーナ・ドロティア・フォン・ウランゲルの大きな功績があります」

その新聞のオペラ告知欄に、ウランゲル伯爵夫人の名前が載っていた。どの音楽家よりも大きく書かれている。

雪の日。父と訪れた演奏会でナーシャのその後の生き方を決定づけたあのヴィオラ演奏者こそ、ウランゲル伯爵夫人、その人だった。

＊　＊　＊

馬車に戻ってからも、ギュンターは先ほどの建設現場でのナーシャの言葉を思い出していた。

『貴方のお母様が残した作品も、この劇場も、きっと国民の間で未来に引き継がれるはずです。その時、ルトギニアが今の形を成していなくても』

それは、他国の侵攻が続き、国境が変わってしまうかもしれない事を言っているのか、それとも、何か革命が起き、政権や情勢が大きく変わってしまうかもしれない未来を指しているのか、ギュンターにはわからなかった。

ただ、近くにいるのに、ナーシャが遠くを見ているような気がした。

――この人は、王宮に留まる気がないのかもしれない。

何となく、ギュンターはそう感じた。

不意に、横に座るナーシャを見る。

窓から外を眺め、馬車の揺れに身を任せるナーシャの肩やうなじを見つめながら、自分のポケットに収まる小箱の存在を思い出した。

――そうだ。これを買っていたのだった。

ギュンターは、ケラコフ市場でナーシャが買い物をしている間、ある店を覗いていた。他の土産物店とは違い高貴な雰囲気が漂う、クリスタル容器と香水専門の店だ。ガラスも香水も高級なのか、出入りするのは貴婦人たちばかりだった。

店から出てきた女性がギュンターの横を通り過ぎた時、甘い香りがして、何気なく足を踏み入れたのだ。店内は、王宮並みのシャンデリアの効果もあってか、想像以上にキラキラしていた。

【薔薇の王女】

【魅惑的な時間】

商品にはそれぞれ宣伝文句が付けられていて、香りごとに瓶(びん)のデザインも違っていた。その中で、ギュンターはある名前の香水を見つけ、吸い寄せられるように手に取った。

『軍人さん、それ、最後の一つですよ』

店主がわざわざ商品の説明書を持って来た。

【私を見つけて】

『そこらの宝石なんかよりずっと、贈り物として喜ばれます』

その香水は、【エティ】と名付けられていた。

ギュンターは、香水を購入した時のことを思い出しながら、制服のポケットから小箱を取り出してナーシャに差し出した。

「何ですか？」

「香水。ケラコフ市場で買ったものだ」

「……頂けるのですか？」

「あぁ、本当は買ってすぐに渡せば良かったんだが、食事前だったから」

「ありがとうございます」

気恥ずかしくてぶっきらぼうな言い方をしてしまったが、嬉しそうに微笑んだナーシャが受け取ってすぐに包みを開くのを見て、頬が緩む。

「……綺麗」

ビロードの箱に収まっていたクリスタルの容器は、蓋がリボンの形をしていて、暗がりの中でも宝石のようにキラキラと輝きを放っていた。

「この匂い……」

ナーシャが鼻先に瓶を近付けて確かめている。

「……花の香り。市場からの帰りに、ウランゲル少尉殿から微かに漂っていたので気になっていたんです」

「【エティ】という名の香水だ。あの神話に因んだ花で作られているらしい」

「……嬉しい。試して選んでくださったんですね。あの神話も覚えていらしたなんて……自然できつくなくていい香り。つけてもいいですか？」

「ああ」

「香水って皮膚につけるのですか？　それともドレスですか？　私、つけたことがなくて」

「体温の高い所につけると香りが強く出ると聞いた。ドレスはシミになったら困るからやめておけ」

「体温の高い所……」

ナーシャが小さく首を傾げて考えている。

「どこかしら？　心臓？　熱が出て冷やす所かしら？」

ナーシャは一滴指に落とすと、それをそのまま額につけた。

「ははっ。おい、見逃さなかったぞ、それはまじないか？」

その様子が子供のように可愛らしくて、ギュンターは思わず笑った。

「正しい方法を教えてください」

ナーシャは説明書らしきものを手にしていたが、暗くて読めないようだ。

「……なら、つけてやろう」

手袋を外したギュンターの手に香水が戻される。

瓶口から指に匂いを落とすと、ギュンターはナーシャの肩を掴み、彼女の耳裏へあてた。

ナーシャの身体がピクリと動く。

「あとは、手首の内側」

もう一滴。

「そして、鎖骨」

更にもう一滴。

ギュンターの指がナーシャの皮膚に触れる度に、僅かだが、彼女の呼吸は浅くなっていた。

「不思議だな」

「……え？」

香水をつけ終わったギュンターは、ナーシャの首筋にそっと触れた。

「俺と同じ香りがする……」

そうではないのに、まるで性交したかのような感覚にさえなる。

――王宮に戻れば、この人は、殿下の妾に戻ってしまう。

ギュンターの中で独占欲が芽生えた。

その手は自然とナーシャの頭を引き寄せていた。

指先に、柔らかな後れ毛が絡まり、整えられた髪が崩れる。

更に抱き寄せると、ナーシャが目を瞑る。

先に鼻先が触れて、そして唇が重なった。

――柔らかい。

想像通りの感触。

くちづけをしてすぐ、僅かながら彼女の戸惑いが感じられた。一瞬、ギュンターの手から離れようとしたのだ。

動作に伴い、花の香りがふわりと鼻腔に届く。

そうはさせまいと、ギュンターは構わず唇を押し当て続けた。

「……ん……」

途中、やや苦しそうなナーシャの声が漏れると、その隙を狙い、舌で彼女の唇を割る。

固く閉じられた歯も容赦なくこじ開け、ついにナーシャの口腔に辿り着いた。

——温かい。

そう感じたのと同時に、ギュンターの舌はナーシャの舌を探る。二つの舌が出会い、巻き込んで蠢く度に、狭い客車の中で身体の密着度が増した。ギュンターがナーシャの細い腰を抱き込むと、濡れた口からまた、苦しそうな、それでいて甘い声が漏れた。

——拒まないのか？

暗がりの中、ナーシャの表情は見えない。

こんな狭い場所で、男に抱きつかれては抵抗もできないだろう。

しかし、ナーシャは拒絶の言葉を発することなく、受け入れる姿勢さえ見せている。

ナーシャの口から溢れる唾液と声を吸いながら、ギュンターの手は止まらなくなった。

ドレスの襟を引き下げ、脱がす前から存在感を主張していた胸に片手で触れた。

視覚で確かめなくても、その豊かさを感じ取ったギュンターは、本能のまま、子供が粘土で遊ぶように、膨らみを摑んで揉んだ。

彼女の性質と同じように、想像以上にふんわりと柔らかく、けれど芯は張りがあって、いくらほぐしても形は崩れない。つい、絞り出すように力を籠めると、指の間で先端の突起がぷっくりと形となって現れた。

そこで、ナーシャの息遣いが変わったことに気づいたギュンターは、自身も息を荒くし、その頂を咥えた。

強く吸い込むと歯に当たり、ナーシャの声が痛みを帯びる。

舌先で突起を舐めると、腕の中で彼女の細腰がピクリと動いた。

ギュンターが執拗に、音を立てて左右の胸に交互にしゃぶりつくせいか、ナーシャは我慢できないといった様子で、甘い声を漏らした。

彼女の鎖骨につけた香りが汗や唾液と混ざってギュンターの鼻先を刺激する。

ドレスの裾をたくし上げて絹のような肌に触れた時、歯止めが利かなくなった。

固く閉じられた脚を強引にこじ開けようとする。

「……これ以上は……」

だが突如、ナーシャに制止された。

「無理だ」

ここでやめろとは蛇の生殺しだ。

既にギュンターの身体は昂っていた。理性だけでは静めることはできない。

再び唇で彼女の声を奪う。

自分の動きを止めようとするナーシャの手を排除し、下着の中に指を侵入させた。

「……っ……ダメです…」

弱々しい抵抗を無視して、確かめるように秘唇を撫でた後、柔らかい茂みの中から花芯を探り当てた。まるで宝物でも見つけた気分だった。

指の腹で触れてみる。

——優しくしなければ……。

そう思うのに昂ったギュンターの指先は強く擦ってしまう。

「ん……」

感じているのか痛がっているのか微妙な声が聞こえても、次第に膨らんでいく花芯に興奮を覚えたギュンターは円を描くように腹で撫でまわした。

乾いていたそこは少しずつ淫液で滑りが良くなっていく。

「……もう、おやめください……」

乱れた息遣いと羞恥に溢れた声はますます彼の欲を高めた。

密着した二人の身体は既に汗だくだ。

「貴女の中を確かめたい、……入れたい」

本能のまま言葉を発したが、頭の中にはステファン伯爵やランベルの顔がチラついていた。まだかろうじて理性も残っていた。

しかし、もうすでにギュンター自身は熱く破裂しそうだった。

——この人を自分のものにしたい。

こんな気持ちは初めてだった。

だが、頭のどこかで警告音が鳴っている。

ダメだとわかっているのに、抑えられない自分に嫌悪しながらも、思いのまま突っ走る。

まだ抗う様子を見せるナーシャの手を摑んだまま、秘肉の真ん中に指を差し込んだ。

やや湿ったそこは温かった。

更に奥へと突き進むと、ナーシャが呻いて腰をよじる。

「……痛い、のか？」

ギュンターがナーシャの耳に問いかけたその時、急に車体が大きく揺れて、馬車が停まった。

その勢いで二人の体勢は崩れ、ギュンターのポケットから懐中時計が飛び出す。

「申し訳ありません！　犬が前に出てきて！」

御者台から謝る声が聞こえて、すぐにまた馬車は動き出した。

「ウランゲル少尉殿……」

ナーシャの掠れた声が聞こえた。

咄嗟にナーシャを全身で支えたギュンターの指は、彼女の秘部から抜かれ、既に乾いていた。

急速に静められた身体で、足元に落ちた時計を拾う。

開いた蓋の内側で彼の母親が笑っていた。

――同じ過ちを犯すところだった。

ギュンターの全身の汗は、体温を奪いながらあっという間に引いていった。

「ようやく思い出した」

王宮へ着く頃、重い空気を吹き飛ばすようにギュンターが口を開いた。

「何を、ですか？」

ナーシャは既に乱れた服を整え終えていた。

「レストランで俺が言いかけた事だ。俺が、帰る場所などない、と言った後の事だろう？」

「あぁ……」

ナーシャが小さく頷いた。

「何だったのですか？」

思い出される、店内での会話――。

『最後だなんて……もう、ゲルマニアへはお帰りにはならないのですか？』

『あぁ。俺が帰る場所などないから』

ギュンターが答えたあと会話を広げる事もなく、ナーシャはただ自分を見つめていた。

『……あ』

――そしてあの時、俺が言おうとした事は……。

「貴女が」

「……はい」

　ギュンターは、ナーシャの方を向いた。

「貴女が、すべてのしがらみから解き放たれた時、帰りたいのは、……行きたいところはどこなのか……、それが聞きたかった」

　暗闇の中、ナーシャがどんな表情をしているかよくわからなかった。

　彼女は少しの沈黙の後、口を開く。

「前に二人で話した時に、帰りたいのは夫のもとではないと言った事を覚えてくれていたんですね……」

　彼女の声から、表現のしようがない寂しさを感じ取った。

「私が帰りたいのは……」

　ナーシャは顔を上げ、灯りを放つバーソビア王宮を眺めて、首を軽く横に振った。

「もしも、夫への借金やその出世や建前、ランベル様と陛下の約束、そのすべてがなかったとしたら、どんなに贅沢な暮らしが約束されていても、ここは違う、と思います」

　ナーシャの答えに、ギュンターは不思議と違和感は抱かなかった。ナーシャが王宮で幸せそうにしているのを見た事がなかったからかもしれない。

「……では、実家か？」

「もちろん、実家の家族には会いたいです。だけどやはり、もうあそこは私の帰る場所ではありません」

——じゃあ、どこなんだ？

ギュンターの心の声を読み取ったかのように、ナーシャは続けた。

「……ないのかもしれません。本当の居場所は……まだ私の知らない所にあるのかも……」

その声は時折詰まり、やけにか細かった。

「そうか……」

——社会に揉まれていない貴族の娘がそれを見つけ出すのは難しいのかもしれないな。

ギュンターは、暗闇に浮かぶナーシャの横顔と、長い睫毛の下で濡れたように見える瞳を見つめて考えた。

この人は王宮での生活に先が見出せず、心も身体も彷徨っているのかもしれない、と。

不意にナーシャがギュンターの方を向いた。

「婚儀の前夜祭で、【神々の讃歌】を演奏したいと思っています」

濡れているように見えた瞳は輝いていた。

「俺を気遣っているなら見当違いだ。あいつの曲でも何でも好きに弾くがいい」

ギュンターは、やや吐き捨てるように言った。

「そうではありません」

ナーシャは静かに、ハッキリと続けた。

「婚礼にふさわしい曲は他にもありますが、私は音楽家のマリーナ・ドロティア・フォン・ウランゲルを心より尊敬しています。もっと多くの方に聴いてもらいたいから演奏するのです」

その声は、馬車を降りてからも、王宮に戻ってからも、いつまでもギュンターの耳に残っていた。


前夜祭の晩餐で、ナーシャはギュンターに宣言した通り【神々の讃歌】を演奏した。

ヴィオラの独奏が多いこの楽曲は、彼女の腕の見せどころだった。

初見の貴族はナーシャの美しさに目を奪われていたが、ほとんどの者は音楽には関心を示さなかった。

けれどギュンターだけは、警護にあたりながらも真剣にその演奏に耳を傾けていた。

幼い頃、何気なく聴き、それを演奏する母の姿を見ても特に何も感じなかったが、今夜はなぜか染み入るものがあった。

自分の中にある母親に対する暗い影と憧れに似た光。

ナーシャの演奏を聴いて初めて、ギュンターは母への執着に近い愛情を自覚した。自分を捨てた母親を憎んでいたが、同時に羨望を抱いていたのだと。

——自分はずっと母に認めてもらいたかったのかもしれない。

ナーシャのひたむきな演奏でその曲を素直に聴く事ができ、そう感じる事ができた。

先日、彼女は別れ際、こうも言った。

『国のために戦う軍人と、世に名曲を残すウランゲル伯爵夫人は、同じくらい尊敬に値すると思います』

母親と自分を同等に肯定してくる人間は、ナーシャが初めてだった。

母の行いを否定する声は耳が腐るほど聞いたし、同じくらい、自分の存在自体を否定する声も聞いた。ずっとその悔しさをバネに負けまいと生きてきたが、その分、自身も歪んだ見方しかできなくなっていた。

そんな自分をナーシャが変えてくれそうな気がした。

ギュンターは目を閉じて、ナーシャの奏でる音を耳で拾い続ける。

——きっと、あの人は母とは違う。

愛国心も、家族を思う気持ちも強い。そんな人だからこそ、王太子の愛人になったのには何か事情があるはずだ。

そんなふうに、今までと違う見方ができる自分がいた。

『強くなりなさい』

同時に、母の言葉も思い出した。

——いい曲、だと思う。

ギュンターは、この曲をもっと聴いていたいと思った。

霧が晴れていくように、彼の中で母へのわだかまりの気持ちが少しずつ消えていき、ナーシャを愛おしむ想いに満たされていくのを感じていた。

第四章　初夜

その日は、やや厚い雲が空を覆っていて、天候の崩れが予想された。

それでも数千人の国民が、ランベルとマルドナの婚礼の儀に参加するために王宮の礼拝堂に集まっていた。

花や真珠のあしらわれた髪飾りに金や銀の縞模様のドレスというルトギニアの伝統的な花嫁衣裳に身を包んだ異国の姫は、初々しく美しかった。

参列者は口々にマルドナの美しさを賛美するが、彼女の隣に立つランベルは、大司教が祝辞を述べる時も、相手の頬にキスをする時も、どこか虚ろな表情をしていた。

その様子を、式に参列できず自室の窓から見守っていたナーシャは、近衛兵たちと警護にあたっているだろうギュンターの姿を探していた。

あの夜、馬車での行為の後からは、直接話をする機会はなかったが、彼を見かける度に背徳感を覚え、しかしそれ以上に、もう一度二人きりの時間を過ごしたいと願うようになっていた。

前夜祭で演奏していた時も、ギュンターだけはちゃんと聴いてくれていた。その事を思い出す度、ナーシャは自分の胸が高鳴るのを感じていた。

「やっぱり花嫁さんっていいですねぇ、綺麗です」

ナーシャの隣で王族の行列を眺めていたエヴァがうっとりと呟く。普段は苦手としているマルドナを見ても今日ばかりは目を輝かせていた。

「そうね、エヴァが結婚する時はぜひ立会人になりたいわ」

——その時、私がまだステファン伯爵夫人でいるかはわからないけれど。

「本当ですか!? ……と喜んでみても相手がいないです」

ナーシャの微笑みに翳(かげ)ができたことに気づかないまま、エヴァは顔を輝かせたり、落ち込んだりと忙しない。

「ここで働いていたら、そのうちどなたかの目に留まるわ。貴女は素直で愛らしいもの。例えば、王族の側仕えの方とか」

ナーシャがからかうと、エヴァはすぐに顔を赤らめて、「あ、あんな美しい男性が、私みたいな地味な女、目に留めませんよ！」と必死になる。

「それ、どなたのことを言っているの？　王族の側仕えは何人もいるけど」

「ナーシャ様の意地悪！」

エヴァのくるくる変わる表情を見て束の間癒やされたナーシャだったが、どんよりと暗くなってきた空を眺めるとまた心が重くなった。

——ランベル様がうまくいきますように。

気がかりな事は一つ、婚礼の儀の後の初夜だった。

＊　＊　＊

婚礼の儀が終わって数日後、マルドナは部屋で鬱々としていた。

ルトギニアを含む多くの王室で、初夜は儀式として他の王族や側近が見届ける事になっていたが、ランベルがうまくいかなかったという事実は、エベラ国から婚姻無効の申し立てがされるのを防ぐために伏せられた。

カーテン越しとはいえ、他人に見られている中ではうまくいかないのも仕方がないと、この時はまださほど問題視されていなかったからだ。

『しばらく一人で休みたい。君もゆっくり寝たいだろう』

ランベルとは幾度か夜を共にしたが、いずれもうまくいかず、とうとうランベルの方から距離を置き始めた。

『やはり、妻の歳が上過ぎたのではないか』

『殿下が萎えてしまうほど、貧相なお身体をなさっているらしい』

王太子の側近たちによる心無い噂話に自尊心を傷つけられたマルドナは、しばらく自室に引きこもり塞ぎ込んでいた。

――ランベル様がその気にならないのは、私が悪いの？

鏡台の前に立ち、自身のそばかすを見て、ひょっとしてこれが原因なのではないかと思ったりもした。だが、違うとも思った。

――そもそも、ランベル様は私の顔などまともに見た事がない。では、この細すぎる身体がいけないの？

母国では、日焼けも気にせず乗馬や狩りに出掛け、剣術さえも学んで、男性並みに鍛えてきた。故に、美女の象徴としてもてはやされるような丸みを帯びたスタイルではなかったが、どんな服も様になるので自身は気に入っていたのだ。

――この結婚のために、改宗だってしたのに。夫のランベル様があぁも私に関心がないのであれば、どうしようもないわ。

次第に、悲しみが苛立ちへと変わる。この国では〝裏切り〟を意味するとも言われる橙色の髪をかきむしった。

――あの卑しい女は良くて、私じゃダメって事？

怒りの矛先は、やはり王太子の愛人であるナーシャに向かう。

ナーシャのシミ一つない絹のような肌も、それを際立たせる漆黒の髪も、男の目が思わず釘付けになるような豊かな胸も、すべてが憎らしかった。

――毒でも盛っておけばよかった。

森での食事会の時、ナーシャの演奏の邪魔をして恥をかかせたかったマルドナは、とりわけ強い酒を勧めた。

思惑通り彼女は潰れたが、想定外の事が起きた。

倒れたナーシャを、自身の護衛を務めるギュンターが介抱したのだ。

国王の庶子で、軍人としての階級も高くない彼だったが、マルドナは彼の事をそれなりに評価していた。

行動力があり、物腰が柔らかで、常に冷静。そして優れた容姿。

正妃の子なら間違いなく優れた王になるだろう強さも持っている。

――ランベル様だけではない、恐らくウランゲル少尉もあの女に心を奪われている。

マルドナは、絵の裏に隠しておいたナーシャのヴィオラの弦を取り出して、何度も踏みつけた。

以前、自分の侍女に命じてナーシャの部屋に忍び込ませ、弦を切らせたものの、彼女は難なく替えを手に入れ、公の場で演奏した。それもかなりの腕前だった。

その新しい弦を入手する手助けをしたのもギュンターだと小耳に挟んだものだから、嫉妬は膨らむばかりだった。

おまけに、ナーシャは最近、やけに良い香りをさせている。ナーシャは物欲がなく着飾らないから、自分で香水を買うわけがない。彼からもらったのかもしれない。

――あの女の大切なものをすべて奪ってやりたい。

ナーシャは自分の大切なものをすべて壊していく。それならば、あの女から奪うくらいでちょうど釣り合いがとれるというものだ。

では、ナーシャの大切なものは何かと考えていたら、小間使いが部屋の掃除にやって来た。

「これ、一緒に捨てておいてちょうだい」

ボロボロになった弦をマルドナが指さすと、「はい」と、小間使いが拾い上げ、持っていたごみ入れに入れた。そこでふと、白い封筒が目に入る。

「ね、その未開封の封筒はどなたのゴミなの？」

マルドナは、すでにごみ入れに入っていたそれが妙に気になった。

「王太子殿下のお部屋にあったものです」

「ランベル様の？　お手紙のようだけど、なぜ未開封なのかしら」

すかさず手に取って差出人の名前を見た。

【ケアン・トゥーゴ】

——誰？

どの国も郵便料金はかなり高い。しかも封筒を使って前納で郵送できるのは、富裕層の人間だ。

だが、読まずに捨てるあたり、ランベルとは親しい間柄ではないのかもしれない。それでも気になって開封しようとするマルドナに、小間使いが微かに牽制の視線を向けた。

「何よ？　私は、ランベル様の妻よ。文書に目を通すのも妻の役目、何か文句があるの？」

「い、いいえ。そんな滅相もありません。ただ、そのケアン・トゥーゴという記者は、最近、王政に批判的なのです。恐らく、今回の婚礼に関しての記事を載せる許可申請だと思います。そういった事情から、殿下は中身も見ずにすぐに捨てられました」

小間使いは、読むと気分を害する、と忠告しているのだ。

「そう、ではあなた、開けて中身を確認して読み上げて頂戴」

「え？　私がですか？」

「そうよ。便せんに毒でも塗られていたらどうするのよ」

驚く小間使いに悪びれることもなく、マルドナは封筒を渡した。

――そもそも、王族への文書の検閲もしないなんて、この国はどうなっているのかしら。

「で、では恐れ多いことですが、拝読いたします」

自身のエプロンでさっと手を拭いてから封を開け、便せんを取り出して読み上げる小間使いの声は少し震えていた。

はじめは退屈そうにしていたマルドナだったが、文書の主旨が明らかになると、思わず椅子から立ち上がった。

「許可申請じゃなくて、密告じゃないの！」

ケアン・トゥーゴは、ランベルの愛人であるナーシャと彼の腹違いの兄であるギュンターが、極めて親密な仲だと書簡にて密告していたのだ。

「〝不道徳にも付き人もなしに二人きりで食事をしていたステファン伯爵夫人を諭そうとした私に、ウランゲル少尉殿は暴力を働いた〟と……医師の診断書まで付けてありますよ」

「悪戯にしてはお金をかけているわね」

記事を載せる、という脅しでもない。だが、相当根に持っている様子が伝わってくる。

小間使いから手紙を受け取ったマルドナは、しばらくの間書面を眺めていた。ランベルに見せようかとも考えたが、捨てたゴミを漁る卑しい女だと思われたくなくてやめた。

「ねぇ。あなたは、ステファン伯爵夫人の部屋にも入れるわよね？　掃除をするとかそういう理由をつければ」

マルドナは、歪んだ笑みを浮かべて、身構える小間使いに指示を出す。

「こっそりと持ってきて欲しい物があるのよ」

＊　＊　＊

――「尊敬」と「愛」の感情はどれほどの違いがあるのか。

あの夜から、ギュンターは後悔と愛欲に苛まれて、寝付けない日さえあった。

後悔しているのは、既婚者であるナーシャと関係を持とうとした事、そして、それを成し遂げなかった己の不甲斐無さだった。

もしもあの時、理性より本能の方が勝っていたらと想像するだけでギュンターの身体は熱くなり、時には自慰行為に至る事さえあった。しかし、その後にやってくる空虚感は大きく、穢れた己に落胆するのが常だった。

——俺は、彼女の身体が欲しかったわけじゃない。自分だけに向けられる気持ちが欲しい。

ギュンターは、ナーシャの心こそ独占したかった。

——果たしてあの人は俺の事をどう思っているのだろうか？

確かめたくても、彼女のもとを訪れない限り二人で話す機会は無いし、もしも望まない答えが返ってきたら、冷静でいられる自信もない。

婚礼の儀の際、遠くにいた彼女を見つけただけで心が躍動するのがわかった。彼女が自分にとって特別な存在になっているのは確かだ。

——王太子殿下がいよいよマルドナ様を娶られたが、彼女は平気なのだろうか？

ギュンターは、はじめこそ国のために婚姻の成就を願っていたが、今となってはナーシャの感情の方が重要だった。

虚弱で覇気（はき）のない、甘やかされた王太子。

——なぜあいつがナーシャの相手なのだ。

王太子のことは元々好意的に思っていなかったが、今では憎らしいとさえ感じるようになっていた。

軍の演習が早く終わり、ギュンターはそのまま会議に参加するため、王宮内を移動していた。

戦況が落ち着き、すっかり平和ボケしてしまった貴族や国軍を再教育する必要がある。そう考えたギュンターが主催している勉強会だ。マスケット銃の講習に、地雷敷設と回避の訓練、攻城砲、その輸送——科学の進歩と同時に戦術も変えていかねばならない。

資料を片手に眉間に皺を寄せて回廊を歩くギュンターに、おずおずと声をかけてきたのは若い侍従武官だった。

「ウランゲル少尉殿、会議の後、マルドナ妃殿下がお話があると」

「マルドナ様が？」

婚礼の儀の時に警護はしていたが、それ以降は特に接点はない。ギュンターは訝しげに侍従武官を見据える。

——一体、俺に何の用が？　それにこの男——。

侍従武官は伏せ目がちに続けた。

「軍に支給される制服についてのご相談とお伺いしております」

「……わかった、後で出向く」

その曖昧（あいまい）な要件もさることながら、侍従武官から発せられる匂いにギュンターは眉をひそめた。

——この香りは恐らく【エティ】。

彼がナーシャに贈った香水と同じ匂いがした。

「では、失礼いたします」

一礼して去って行く男を、ギュンターは、「待て」と呼び止めた。

「何でしょう？」

「君は香水をつけているのか？」

余計なお世話だとわかってはいても、その匂いの出所が気になった。

「……いえ、私は香水など持っておりません。どこかのご婦人の匂いが移ったのかもしれませんね」

遠慮がちに、しかし含み笑いを浮かべるその若い武官は、意味深な言葉を残して去って行った。

――どこかのご婦人だと？

ギュンターは歯噛みをした。

――それは誰だ？　匂いが移るほど接触したのか？　どういう理由で？

妄想すれば激しい嫉妬が湧いてくる。

――いや、あの人だとは限らない。香水をつける貴婦人はこの宮廷に多くいる。いくら気になっているからとはいえ、何でもあの人に重ねすぎだ。

己を戒めつつも動揺を隠せないまま、ギュンターは会議室へと向かった。

その後、若き兵士たちを前に軍事理論を展開しながらも、気がつくとナーシャの事を考えていた。

会議が終わる頃には、陽は落ちかけていた。

回廊近くの木々に止まっていた鳥たちが慌ただしく空へと飛び立っていく。

それを眺めた後、ギュンターは重い足取りでマルドナのもとへ赴いた。面倒だと思いつつも、臣下として断るわけにもいかない。

「お忙しいのにお呼びたてして申し訳ありません」

マルドナは慎ましく微笑んで、ギュンターに椅子を勧めた。長居をするつもりはなかったが、失礼のないようにと渋々腰を下ろす。

「何かお飲みになります？　ワインでも」

マルドナの声に反応して、侍女が酒棚から瓶とグラスを取り出そうとする。

「お構いなく。まだ勤務中ですので」

正確に言うと、あと半時間もすれば終了の時刻なのだが、ギュンターはマルドナを前にして酒など口にする気はなかった。

「真面目な方ね、では紅茶は？　それとも貴方は珈琲の方がお好きだったかしら？」

珈琲は、王宮ではまだ定着しているとは言い難い飲み物だ。意味深にそれを勧めるマルドナの目は、荒れた海のように薄暗く見える。ギュンターは努めて冷静に答えた。

「……いいえ。それで早速ながら、ご用件の軍の制服の件ですが、マルドナ様から何かお気づきの点がありましたか？」

王族の者でも、女性が軍の事に口を出すのは珍しい。ギュンターの質問にマルドナは、

「あ、そういう事にしていたのだった」という表情を見せた。

「我が祖国のエベラと同盟を結んだのだから、軍服もデザインを変えてみてはどうかと思って」

王太子妃としては思い切った提案だったが、言葉のどこにも熱を感じられなかった。

「それを決める権限は私にはありません」

答えながら、寝台に腰かけるマルドナのやや引きつった笑顔を見て、呼び出された理由を探る。

――先ほど不意に出た〝珈琲〟といい、俺とナーシャの関係について何か知っているのか？

「マルドナ様は、他にお話があるのでは？」

ギュンターが苛立ちを抑えて聞くと、彼女は、フフ……と小さく笑った。

「そうよ。貴方とステファン伯爵夫人の関係を聞きたかったの。あの人は、もう貴方とも寝たのかしら？」

――やはり。

「いいえ」

ギュンターは表情を変えずに首を横に振った。

「……そう、なら良かったわ。あんな淫売な女、貴方にふさわしくないものね」

――淫売……。

かつての自分も、ここまであからさまではなかったが、同じような言葉をナーシャに浴びせた。こうして他人が発言しているのを聞くと、自分がいかに小さな人間であったかを思い知らされる。

「それはあまりに語弊があるかと。貴女の故国では妾制度がないと聞きますので驚かれると思いますが、各国の王族にはだいたい公然の愛人がいますから」

少し前まではあれほど不貞を嫌っていたのに、ギュンターは自分の発言の変化に内心驚いていた。

マルドナは、つり気味の目を少しだけ細めてギュンターを見た。

「所詮は、妾の子ね」

エベラ語だった。ギュンターがわからないと思って本音を呟いたのだろう。壁際に立っている侍女たちが、蔑むような笑みを浮かべていた。

「話はそれだけでしょうか？」

ギュンターは静かに席を立った。

「そうね。ああでも、ついでに教えて差し上げます。なぜ私が、ステファン伯爵夫人の事を淫売と言ったかを」

「……」

これ以上ナーシャへの悪口を聞きたくなくて、静かに一礼して踵(きびす)を返す。

「あのお方、若い男と見たら誘惑せずにはいられないのか、うちの侍従と密会しているみたいなの」

既に入口に向かっていたギュンターはピクリと肩を揺らした。

「……密会？」

僅かに振り向くと、マルドナは座ったまま脚を組み替えてワインを飲んでいた。

「普段は着飾ったりもしない男なのに、あまりにも甘美な匂いを振り撒いていたから問い詰めたの。あの香りには私も覚えがありましたし。そうしたら白状しましたよ。『ナーシャ様に誘われて逢い引きをしている』と」

――嘘に決まっている。

そう思いたいのに、ギュンターの嗅覚に残る真新しい疑惑の香りがそれを阻(はば)む。

マルドナは、ギュンターの顔色を楽しそうに眺めて続けた。

「私との結婚を機に、ランベル様が自室を訪れないものだから、色々と溜まっていらっしゃるのじゃなくて？　そのうちシモンも毒牙にかけるかもしれないわね」

――シモン？

疑念が強まる。確かに、ナーシャは以前ギュンターにこう尋ねてきた。

『国王付き側仕えのシモン様は、陛下の愛人なのでしょうか？』

――いや、彼女はそんな女じゃない。

そう思いつつも、もしかしたら、という気持ちが生まれていた。

＊　＊　＊

その日、ナーシャの部屋は、探し物のために珍しく散らかっていた。

ベッドの上にはクローゼットから取り出した袖を通していないドレスが並び、床には靴やバッグが散乱し、テーブルにはキャビネットから出した装飾品が散在している。

——どうしてどこにもないの？

ギュンターからもらった香水が、ケースだけを残して消えていたのだ。ギュンターにもらってから毎日つけていたが、持ち歩いたりはしていない。

——ヴィオラの件といい、誰かがこの部屋に忍び込んでいる？

ナーシャは気味が悪くなり、ぶるりと震えた。

鍵のない部屋は、主の不在時には入り放題だ。

外部の人間が侵入できるほど、王宮入口と王宮内の警備は緩くないが、王宮に滞在している貴族や召し使い、そして芸術家たちの部屋は、国王がいつでも出入りできるようにと、鍵は付けられていない。

——ランベル様から頂いた宝石類は綺麗に残っているのに、なぜ？

不可解なまま部屋の中を探していると、訪問者を知らせるノックの音がした。

「どなた？」

食事も済み、今夜は演奏の予定もないため既に夜着に着替えていたナーシャは、ドアを開けずに応対した。

「シモンです。遅い時間に申し訳ありません」

「いいえ、何かありましたか？」

――なぜシモンが？　まさか、また陛下のお部屋での演奏要請？

襲われそうになったおぞましい記憶を思い出し、その場に立ち竦んでいると、ドアと床の間から何かが差し込まれた。折り畳まれた白い紙のようだ。

「お読みください。陛下からの質問状でございます」

「質問状？」

――あの陛下が手紙を寄こすなんて。

意外に思ったナーシャは恐る恐るそれを拾い上げて、中身を確認する。

「陛下は、国王として、お世継ぎの事を気に掛けていらっしゃいます」

ドア越しに、シモンが声を落としたのがわかった。

真っ白な紙に達筆な字で書かれていたのは、ランベルとの夜についての質問だった。

ランベルとマルドナの初夜がうまくいかず、現在二人が床を別にしている事、それを危惧したクワディワフが、ナーシャとはどうなのかと聞いてきているのだ。

憂鬱（ゆううつ）な気分になり、便せんが急に重く感じられた。

「謁見では周囲の者に聞かれてしまうため、書面での内密のご質問とのことです」

「これは、すぐにお返事を書かないといけませんか？」

「いいえ、後日また取りに伺います。くれぐれも、この事は口外なさいませんようお願い申し上げます。もし、他言された場合は処分もあり得ます故……。では失礼致します」

淡々としたシモンの声の後、静かな足音が遠のいて、ナーシャは深い溜息をついた。

――いよいよランベル様の身体問題が露見してしまう。

その事でエベラ国との同盟がどうなってしまうのか不安も過ったが、一人で抱えていた重荷をようやく下ろせるという安堵感もあった。

テーブルに国王からの手紙を置き、ペンの用意をする。

手紙をもう一度読み直し、すべてを明かしてよいものか悩む。

その時、

「ステファン伯爵夫人」

艶やかで低い声が、ノックの音と共に耳に入ってきた。

「はい……」

ナーシャの胸がドキドキと早鐘(はやがね)を打つ。その声の主は確かにギュンターだった。

「話がある」

いつもよりぶっきらぼうな口調だったけれど、そんなことよりも早く顔が見たくて、ナーシャはすぐにショートガウンを羽織って出迎えた。

しかし、明らかに不機嫌なギュンターの顔を見て、良くない事が起きたのだとわかり眉を寄せる。

「何かありましたか？」

　ギュンターを部屋に招き入れると、彼は室内に目を配りながら、ゆっくりとナーシャの前に立ちはだかった。

「先ほどシモンがこちらから出てきたようだが……」

　そう言って、ギュンターは口角を下げたままナーシャを冷たく見下ろした。

「え、ええ。陛下からの使いで来られて……」

　口外してはいけない用件だったため、ナーシャの目はわずかに泳いだ。それを目ざとく察知したギュンターは、やや声を荒らげる。

「貴女は男に対して奔放すぎる。誰にでもそうなのか？」

「え？」

　最近はまったく見なくなった彼の侮蔑の視線に、ナーシャは戸惑った。

　——この部屋で話した夜から、そんなことは言われなくなったのに、どうして？

「こんな夜に、しかもそのような格好で、若い男を部屋に招き入れて一体何をしていたんだ？」

「何って……」

　そもそもシモンは部屋に入ってきていない。

「誰でもいいなら、なぜ、あの夜、俺を拒む素振りを見せた？　そうやって男の気持ちを弄んで楽しんでいるのか？」

になった。

　思い起こされる馬車での愛撫。

　あの時、深いキスをしているうちに、頭がぼうっとして、ギュンターの求めに応えそう
　この人なら嫌じゃない、身も心も、すべてを委ねてもいい、そう思ってしまうくらい、
彼の指や唇での愛撫に翻弄されていた。

「ではなぜ、昼間、あの武官から貴女の香りがした？」

　ナーシャは、カッと頬を赤らめて、「いいえ」と首を横に振った。

　ギュンターは険しい表情のまま、ナーシャの肩を摑み責め立てる。

「……香り？」

「そうだ、あれほど匂いが移るなんて、よほどのことじゃなければ起こり得ないだろう。

……その上、陛下の側仕えとまで……」

　ぐっと手に力を込めたギュンターの目には怒りしかなかった。

　――このお方はまっすぐだ。まっすぐすぎて危うく思えるほど……。

　自身の過去の境遇から不貞を許さない。

　――それでもようやく、向き合って話ができるようになったと思ったのに。

　ナーシャは誤解を解きたいと思ったが、しかしそれが何のためになるのかわからなかった。

　たとえ肉体関係がなくとも自分には夫がいて、そして今は王太子の妾だ。

これからいくらでも相手を選べるギュンターに好意を抱いて深い関係になったとしても、先はない。彼にも迷惑をかけてしまう。

そう思ったら、ナーシャはやはり言葉を呑み込んでしまうのだった。

「なぜ何も言わない？」

けれど、やはり辛かった。

「なぜ他の男に隙を見せる？　貴女にとって俺は何なんだ？」

軽蔑される事も、ギュンターの自尊心を傷つけてしまう事も。

ギュンターの声が更に低くなる。

「答えてくれ。貴女は誰かを一途に思う事はないのか？」

その言葉に、ナーシャは傷ついた。

大きな瞳に悲しみの滴が滲む。

それを目にしたギュンターは、ハッとした様子で手の力を緩めた。

ナーシャは静かに彼の傍から離れ、鏡台の引き出しから小さな箱を取り出して見せる。

「信じてもらえないかもしれませんが、貴方に頂いた香水を失くしてしまったようなのです」

ナーシャの手の平に収まるその白い箱は、【エティ】の空き箱だ。

「盗まれた、という事か？」

「……わかりません。でも、どこを探しても、見つからないのです。……折角頂いたのに、ごめんなさい」

ナーシャが声を震わせて謝ると、ギュンターの目尻が僅かだが下がった。

散らかった部屋の様子を見て信じてくれたのかもしれない。

「……このような暗い中では見つけるのは困難だろう。探すなら陽の出ているうちにするべきだ」

眉を曇らせたギュンターの口調は、少し戸惑っているようにも感じた。

貴族とはいえ、ここで使用される蝋燭が高価な物だとわかっているナーシャは、節約して一本だけしか灯していなかった。豪華なシャンデリアも飾りに過ぎない。

「ええ、そうですね。でも早く見つけたくて……」

無理をして笑顔を作ると、ギュンターが思わずといった様子で腕を伸ばし、すかさずナーシャを抱き締めた。

その時になって初めて、ナーシャは自分の目元から涙が零れ、頬を伝っている事に気がついた。

「……盗られていたとは知らずに、疑って悪かった」

責め立てていた時とは打って変わって優しい声だ。

ギュンターの髪が、ナーシャの耳や額にかかる。この前は感じなかった葉巻の匂いが鼻孔を刺激した。

「明日の朝、俺も一緒に探す」

——朝……？　……それはどういう意味？

彼の腕の中に収まったナーシャは、その鍛えられた硬い肉体を布越しでも感じる事ができた。更に腕に力を込められ、「少尉殿……」と、吐息のような声を漏らす。

「前から言おうと思っていたんだが」

「……はい？」

ギュンターがナーシャの首筋にキスを落としながら続ける。

「俺の事は、ギュンターと呼んでくれ」

くすぐったくて、温かくて、嬉しかった。

ナーシャは、小さく頷いて、「ギュンター様……」と呟いた。

消え入りそうな声だったが、ギュンターの耳はきちんと拾っていた。

「……それでいい」

ギュンターはナーシャの顎を摑むと、鋭いけれど優しさの戻った目でその口元を見つめて言った。

「俺も、貴女をナーシャと呼ぶ——」

二人が瞼を閉じたと同時に、熱い唇がナーシャの口を覆う。

この前のキスよりもずっとこなれていて、激しかった。

探りあてることもなく、容易に出会った二つの舌が生き物のように絡まる。

ギュンターはナーシャを抱き締めたまま寝台に押し倒した。

その拍子に、緩やかに結い上げていたナーシャの艶やかな黒髪が、留め具を失くしてシーツに広がった。

「もう中途半端な関係はご免だ。嫉妬して傷つけてしまうのも嫌だ。今夜、貴女の中に入れてくれ」

甘さのない、直接的な言葉だ。

身体的にも立場的にも、さらに実家の先行きを思えば当然不安はあって、正直、拒みたい気持ちもあった。

けれど、自分を見下ろすまっすぐで情熱的な漆黒の瞳が、その感情を削いでしまう。

この関係がたとえ間違いであっても受け入れようと、ナーシャは力を抜いた。

——そうだわ。初めてお会いした時から惹かれていた。

舞踏会で演奏した夜、ギュンターにダンスに誘われた時の胸の高鳴りを思い出した。

尊敬する音楽家のご子息であり、軍人として既に高名だった彼は、出会う前からナーシャの中で特別な存在だった。

いつからか、その敬う気持ちが恋しさや愛しさに変わっていた。

ナーシャが震える手でそっとギュンターの頬に触れると、指先を摑まれ彼の長い舌にしゃぶられる。

こんな事をされたのは初めてで、まるで仔犬みたいだと思いながらも、そのこそばゆさとヌルヌルとした温かさで次第に気持ち良くなっていく。

肉厚な舌が、ナーシャの唇や顎、鎖骨を滑る。

夜着を捲り上げられた途端、ギュンターが胸の膨らみの突起部分を甘噛みし、強く吸ってきた。

「ん……」

痒い肌に爪を立てた時のような刺激が快楽を呼び起こし、ナーシャは思わず善がるような声を漏らしてしまう。

それに触発されたように、ギュンターは貪るように左右の胸を交互に舌で舐め上げ、時折放しては、赤く色づいた粒を見て忘我していた。

「もっと、灯りが欲しい……」

「……え？」

ナーシャの上に馬乗りになって、メレンゲのように柔らかな膨らみを愛で撫でながら、ギュンターはテーブルの蝋燭に視線を移した。

小さな炎は、闇の中、ナーシャの白い曲線美を儚く浮き上がらせる。

「この前はまったく見えなかったから、今回はもっと、ちゃんと見たい」

恍惚とした視線がナーシャに羞恥心を抱かせる。

「いっそのこと、消してしまいたいくらいなのに……」

「それは、子供が目隠しをして砂遊びをするのと同じくらいつまらない」

ギュンターのお茶目な比喩に和んだのも束の間、ナーシャは新たな羞恥に包まれる。

下着に手をかけられてすぐ、彼の顔が下肢の方へと下りてきたからだ。

「な、にを……？」

言葉の途中で視界に飛び込んできた光景に、ナーシャは言葉を失う。

ギュンターがナーシャの脚を割り、獣のように秘部を舐め始めたからだ。

一瞬冷たく感じたそれは、すぐに生温かい感触に変わり、秘口にかかる彼の息にゾクゾクした。

ギュンターの黒髪が自分の股の間で揺れている。見た目よりも柔らかな髪の毛先が内腿を擦る。

——ギュンター様が、私の穢れた所に口をつけている。

まるで、彼だけでなく自分も獣になったような恥ずかしさだった。

「そういうのは、……嫌です！」

すべてを受け入れようとは決めたものの、その行為はナーシャの想像をはるかに超えていた。

こんなことは誰も教えてはくれなかったし、かつて読んだどの本にも書かれていない。

ナーシャは必死に身をよじり、ギュンターの頭を押しのけようとするが叶わない。

「貴女のすべてを見たい」

がっしりと腰を捕らえられ、そのうちに力が抜けていき、彼の舌を受け入れざるを得なくなる。

秘裂の間に入り込み、剝き出た芽を捏ね回す絶妙な力加減の愛撫は、押し殺そうとしてもナーシャに甘い声を出させてしまう。

「……あ……っ……」

秘部全体がぎゅっと引き上げられるような感覚だった。奥から何かが溢れてきて、それをギュンターが淫猥な音を立てて啜ると、疼きはさらに高まっていく。

何もかもが初めてで、羞恥よりも気持ち良さが上回り、どうにかなりそうだった。

堪えて、乱れての繰り返し。何度、声を上げたかわからない。

シーツはいつしか、お互いから発する汗と愛液で湿っていた。

「貴女がこんなに濡れるとは思わなかった」

ようやく脚の間から顔を上げたギュンターの言葉に、ナーシャの顔は熱くなった。

「ギュンター様は……お嫌ではないのですか？」

――汚い、と思わないのだろうか？

ギュンターは小さく笑って指を伸ばし、ナーシャの頰にへばりついていた髪を払って言った。

「貴女なら嫌じゃない」

ギュンターはおもむろに起き上がり、軍服を脱いでそれを無造作に床に落とすと、ナーシャの夜着も剝ぎ取り、再び忙しなく身体を重ねてきた。

布越しでもはっきりと感じていた筋肉質で硬い身体が、柔らかな肉に食い込む。

もしかしたら、口での愛撫で終わりかと思っていたナーシャは、喜びと不安の波に揺れながら今度は彼の指に翻弄（ほんろう）される。

深いキスをされながら、充分に潤（うるお）いを帯びた秘口に武骨な指をスルッと入れられた。

いまだ慣れない異物感に、ナーシャは思わず呻く。

「酷くしてしまったか」

唇を離し、ナーシャの表情を確認したギュンターは、再び指の腹で秘芽を優しく弄り、蜜を溢れさせていく。

入れる指を慎重に増やされ、抜き差しを繰り返されると、水気を含んだ淫らな音がナーシャの耳にも届き、思わず赤面してしまう。

「あとは、俺自身で確かめる……」

ギュンターは、潤った蜜口からゆっくりと指を抜くと、すっかり硬くなり勃（た）ちあがった己の熱の塊を手狭な蜜口にあてがい、力を入れた。

だが、その塊は先端が接触しただけでうまく奥へと入らない。

「狭いな。いつも、こうなのか？」

彼の息は既に荒くなっていた。

ナーシャは、攻め入ってくる大きな圧に怯え、ぎゅっと目を瞑り奥歯を噛み締めるばかりで答える事ができない。

「頼む、どうか受け入れてくれ」

少しずつ小刻みに揺らして愛液をまとわせながら、彼はゆっくりとナーシャの中に入ってくる。

怖かった。

ギュンターのすべてが収まるとは思えなかったし、その前に自分が壊れてしまうような気がしたからだ。

腰を揺らすギュンターの動きに合わせて、彼の額からポタリと滴が落ちた。

それがナーシャの首筋に伝ったのと同時に、

「……あっ！……っ…！」

想像していたよりもはるかに鋭い、裂かれるような痛みがナーシャを襲った。

今、自分の身体が純潔を失ったのだと悟った。

――とうとう、結ばれてしまった。

痛みの傍らで嬉しさと背徳感が混じり合う。

息を呑んで瞼を上げると、ギュンターが険しい顔でこちらを覗きこんでいた。

――男の人も痛いの？

そう考えてしまうほど、苦しそうに見える。

「……狭すぎる……」

だが、彼はゆっくりと腰を動かすうちに、獣のようなギラギラとした目つきになっていった。

「……ギュンター様っ」

――お願いだから、性急に動かないで。

思わずギュンターの腕を摑んだ時には、涙も溢れ出していた。

「……なぜ泣いて……？」

ナーシャの膝裏を抱えて腰を深く落としていたギュンターは、この時ようやく、ナーシャの涙に気づいたようだった。そして、膣から伝い落ち、シーツを濡らしているものに赤い血が混じっていることにも……。

ギュンターは愕然と目を見開いてナーシャを見つめた。

「……ナーシャ、もしかして貴女は……」

彼が初めて自分の名前を呼んだ。

それが嬉しくて、ナーシャの目からは、痛みからではない涙が零れる。

彼にようやく自分の貞操を信じてもらえたのだと確信したからだ。

「はい、今夜が、私にとって、本当の〝初夜〟なのです……」

その声は震えて掠れていた。

沈黙が場を支配する。

開けっ放しの窓から、獣の鳴き声が聞こえてきた。

ゆらゆらと頼りない蝋燭の炎に照らされるギュンターの顔は、激しく動揺しているように見えた。

「伯爵との夫婦関係の話は聞いていたが……」

まさか、自分が初めての相手だとは思わなかったのだろう。

ギュンターはくしゃりと顔を歪ませて、ナーシャと繫がったまま、自身の髪をかきむしった。

「陛下や殿下とは身体の関係はありません」

「なぜそれを……」

ナーシャの中で弾けそうになっていた彼のものは、急激に嵩を減らしていった。

「……言えない、よな」

明らかに一夜を楽しむ性質と知られている国王もそうだが、王太子と妾の間に肉体関係がないなど、きっと誰も信じないだろう。

ギュンターは、一度自身を抜き取ると、付着した愛液に混じった赤い血液を見て、深い溜息を漏らした。

「……悪かった。散々酷い事を言った。すまない」

――謝らないで。

ナーシャは起き上がって、首を横に振った。

貫かれた痛みで顔はやや引きつっていたが、心配されたくなくて微笑みながら言った。

「はじめこそ厳しかったけれど、接する機会が増える度に、貴方は私を知ろうとしてくれたではありませんか」

落ち込む事もあったが、陰口を言うばかりで自分と向き合おうともしない皆と、ギュンターは違った。だからこそナーシャの中で彼の存在は大きくなった。

「それに……」

ナーシャはギュンターとの思い出を振り返りながら続けた。

ギュンターは眉を寄せナーシャをじっと見つめている。

「ここでの暮らしで私が困っていた時、それに気がついて手を差し伸べてくれたのは、ギュンター様、貴方だけでした」

狩猟に行く時、腫れ物扱いされて馬に乗れずにいた自分に声をかけてくれたのも彼だし、暑気あたりで倒れた自分を介抱もしてくれた。弦がなくなって困っている自分を町に連れ出してくれたのもこの人だ。

何より、記者からの心ない侮辱に、私の代わりに怒ってくれた――。

「あんなもの、償いにもならない」

ギュンターは苦々しく吐き捨てるが、ナーシャは強く首を横に振って続けた。

「償いなんていりません。そんなの虚しいだけです。……それよりも」

声が震える。

――私を、愛して。

「――私を、好きでいてください」

言いながら、なぜか涙が溢れた。

「……ナーシャ……」

——私は肉親の愛情以外、まだ知らない。

「家族以外で私を必要とし、愛してくれる人なんて、ずっと現れないだろうと思っていました」

不幸な結婚も、身体だけ求められて王宮に来てしまった事も、抗えない運命だと思っていた。

「そんなこと、あるわけないだろう。なぜ貴女はそんなに自分に否定的なんだ」

ギュンターは「わからない」と続けた。

「貴女は美しく、清らかで、どんな男も虜にしてしまう。楽器の才能もあり、磨き方や境遇次第でこれから大きく開花する可能性だって秘めている。とても魅力的な女性だ。それなのに、なぜ、そんなに悲しい目をするのか」

ギュンターのまっすぐな眼差しがナーシャの心を溶かしていく。

「貴女を愛する男は必ずいる」

ギュンターの力強い声に耳を傾けていたナーシャは、ゆっくりと瞼を閉じ、長い睫毛を微かに揺らした。

「なら、それは貴方がいいです、ギュンター様……」

運命を変えるには大きな力がいる。

その原動力になる絶対的な愛にナーシャは飢えていた。

ナーシャの大きな瞳には、いつの頃からか、ギュンターしか映らなくなっていた。

ナーシャの気持ちに応えるように、ギュンターが熱を帯びた視線で見つめて言った。

「とっくに愛している」

ギュンターはもう一度、ナーシャを寝台に押し倒した。

気持ちを確かめ合うとこうも違う。再び弾けそうになった欲棒をナーシャの蜜口が受け止める。花唇を広げられグッと押し込まれると、軋みと痛みが襲ってきたが、それよりも、また一つになれたことが嬉しかった。

ナーシャは彼の背中を、ギュンターはナーシャの腰をしっかりと抱き締め、その身が砕けても良いと思うくらいに深く密着する。

初めてとは思えないほど、二人の肌や波長が合っているのをお互いに感じていた。

「はぁ……はぁ……」

と、荒く乱れた男女の呼吸が室内に響く。

汗と体液で湖ができたシーツの中、痛みが随分と遠のいていたナーシャは、ギュンターの猛りにもちゃんと応えられるようになっていた。

陰唇から陰道、そして子宮口へギュンターの分身が出入りする度に、ナーシャの入口が巾着のように窄まり、彼を刺激する。

「……っ……そんなに絞るな……」

思わず腰を引いたギュンターは、苦痛にも似た喜悦の声を上げた。

彼の先端が入口の膣壁を擦った途端、耐えがたい刺激が走り、ナーシャも思わず喘いでしまう。

「あっ、あ、……」

けれど、その声はか細くまだ遠慮がちで、ナーシャのすべてを出し切っていない。

それがかえってギュンターを昂らせているようで、彼はナーシャに快感を植えつけようとするかのように小刻みに腰を動かす。白く豊かな膨らみが、ひっくり返されたばかりのプディングのように前後に揺さぶられた。

「ナーシャ……痛くないか？」

艶やかな労わりの声は、余裕のないナーシャの耳にも届いた。

「痛くは、ありません……あっ！」

ズン！　と最奥を突かれ、ナーシャの腰が浮き上がる。

「なら、気持ちいいか？」

ナーシャの脚を伸ばし、その足首を自身の肩にかけたギュンターは、腰を密着させ、更に深く潜りながら、泣きそうなナーシャの顔を見つめた。

「……は……い」

この体位もギュンターの問いも恥ずかしくて、ナーシャは紅潮してしまう。

だが、もっと苛めたくなるのか、ギュンターは膣内を掻きまわすように腰を動かして、膣から漏れる大きな水音をナーシャに聞かせてきた。

卑猥過ぎて羞恥で消えたいくらいなのに、煽るような行為は続く。

「では、もっと、声を出せ。その口は何のためにある？」

ギュンターは、中を捏ねくりまわしながら、構わずにナーシャを困らせた。

汗だくになった彼の顔が近づいてきて、その口がナーシャの口を覆う。

すぐさま侵入し暴れ始める舌は、口腔を舐めつくし、首筋をゆっくりと滑っていく。赤く色づいた乳首に到達すると、押したり転がしたりして弄んだ。

ギュンターの愛撫は唇でだけでなく、密壷の奥と胸の先端を同時に刺激したため、ナーシャはあまりの快楽に身体をのけぞらせて喘いだ。

「あ、……ああぁ……」

海の波が泡立つ様が見えた。

心だけ、この世とは違う白い世界へ行ったようだった。

温かいものが溢れて止まらない。

シーツの湖が更に大きくなっていく。

虚ろに濡れたナーシャの目を見つめた後、ギュンターは幸せそうに瞼を閉じて、息を切った。限界がきたようだ。

「……あ…く……」

絞り出すような声が聞こえる。

ナーシャの腹の中で膨張していた塊が二度三度激しく抜き差しされたかと思うと、スッと引き抜かれた。

弾けたそれは、ナーシャの腹に熱く白い地図を描いた。

＊　＊　＊

ルトギニアの初夏の日の出の時刻は、およそ四時半。

窓から差し込む朝日が、ナーシャのあどけない寝顔にかかっていることに気づいたギュンターは、天蓋のカーテンを引いた。

——なんて可愛いのだろう。

寝顔だけではない。

昨夜の、羞恥のあまり泣きそうになっている顔や、シーツの上で乱れた横顔、そして、達した時の儚い目。すべてが可愛くて愛おしかった。

恐らく、この世で自分しか知らない表情だ。

——誰にも見せたくない。

枕に広がるナーシャの髪を撫でながら穏やかな気持ちになっていたギュンターは、眠気に誘われ大きなあくびをした。

——眠いな。

昨夜、濃厚な性交の後、静かに寝入るナーシャとは逆に、ギュンターはまったく寝付けなかった。結ばれた達成感で興奮状態だったこともあるが、理由は他にもあった。

　ギュンターはそっと寝台から這い出ると、明るくなった部屋の中を見渡し、入口のドアを凝視した。

　――この部屋から物が無くなるのは、侵入者がいるからだ。

　昨夜、彼女が見せてきた香水のケースを改めて手に取り、しばし眺める。箱だけでも値がつくのにここに置いていくという事は、金に困っていないからだ。

　――それが、俺の推察通りマルドナ妃ならまだいい。

　が、もしかしたら、ナーシャをつけ狙う変態男かもしれない。

　――たかが香水。だが、この人の物は何一つ、髪の毛一本だって渡さない。

　そこでふと、目の前のテーブルに白い紙が置かれていることに気がついた。

　床に落ちかけていたので何の気なしに手に取る。そこから目に飛び込んできた差出人の名前に、眉を寄せた。

　――陛下から？　なぜナーシャに？

　勝手に読むべきではないと思ったが、彼女が何らかのトラブルに巻き込まれているのではと危惧したギュンターは、覚悟を決めて目を通した。そして納得した。

　これはナーシャの回答次第では大問題に発展する。軽々しく口外できない。

　――そうか。昨夜、シモンはこれを持って来たのか。

　やはりナーシャは嘘などついていなかった。

仄かな満足感と、嫉妬のあまり酷いことを言ってしまった幼い自分への後悔が入り混じる。

——あの侍従武官のこともそうだ。少し冷静に考えれば彼女があのような男を誘うわけがないとわかるのに。

それだけナーシャに夢中で周りが見えていなかった。

反省しながら、昨夜床に脱ぎ捨てた服を拾って身に着けていると、コツコツと廊下から足音が聞こえてきた。召し使いや料理人がそろそろ動き出す時間だ。

誰かの目に留まる危険性を考えると、夜のうちに出ていくべきだったが、乱れに乱れ、淫猥な香りを漂わせるナーシャを、全裸のままこの部屋に置いて行く事などできなかった。

——この部屋は誰でも入りたい放題だ。今度、こっそり鍵を付けてみるか。王族にしか許されていないが……。

ばれたら大問題だが、それよりもナーシャの身の安全の方が大事だった。

「……おはようございます」

背後から、甘く、少し嗄れたナーシャの声が聞こえてきた。振り向くと、気怠そうに起き上がった彼女が上掛けで胸元を隠し、こちらを見つめている。

明るい部屋でのその姿は、全裸よりも魅惑的だ。

もう一度抱きたい感情にかられたが、時間的にも状況的にも無理だった。

ギュンターは視線を逸らし、昨夜脱がせた彼女の夜着を無造作に渡した。

「おはよう。やはりあの香水はこの部屋にはないようだな」

「探してくれていたんですね。ありがとうございます」

ナーシャが髪をまとめながら、にこりと笑った。控えめで清楚な笑顔だ。

――この笑顔も好きだな。

ギュンターはひとりでに高まっていく気持ちをひた隠しにし、身だしなみを整えた。

「また市場に行く時があれば買ってくる」

そろそろ湯浴みの準備が始まる。

ギュンターは、去りがたい感情を抑え、ドアの取っ手に手を掛けた。

――何か言わなければ。彼女の不安を打ち消し、喜ばすことができるような何かを。

そう思っても、自分は口が達者な方ではないし、気の利いた言葉など思いつかない。

「ギュンター様……」

すると、ナーシャの方から切り出してくれた。ギュンターはゆっくりと彼女を振り返る。

眠たげだった瞳は、今はしっかりと開いていた。

「昨夜は、幸せでした」

男冥利(みょうり)に尽きる言葉に自然と目尻が下がる。惚れた女なら尚更だ。

――しかし、なぜ「幸せでした」なのだ？　いや、過去のことだから過去形でもおかしくはないか。

だが、どこか悲し気な表情が気になった。

「どうし」

どうした、と言いかけた時、コンコンとドアがノックされた。

ギュンターはすぐさま口をつぐみ、身構える。

「おはようございます。ナーシャ様」

侍女のエヴァの声だった。

「起きていらっしゃるなら湯浴みの支度をいたしますが」

「もう少しゆっくりしたいの。あと十分ほどしたら来てもらえる？」

ナーシャが、ギュンターの顔を見て答えた。

「かしこまりました」

エヴァの靴音が遠のいていく。

途端に、ギュンターはナーシャを引き寄せ、抱き締めた。

エヴァに邪魔をされたものの、悲し気なナーシャの顔を見て気持ちを抑えられなくなったこともあるし、ナーシャが『十分』と言ったことで、時間がとても惜しく感じられたからだ。

——心地良い……。

あんなに穢したのに、腕の中の彼女は既にサラサラとした肌触りになっていて、昨夜の事は無かったような清らかさだ。

「ギュンター様……？」

ギュンターの顔を見上げるナーシャと目が合った。が、彼女はすぐに困惑した表情を見せた。

愛しさ以上に、ナーシャが昨夜の行為を既に終わった事として割り切っているのではないかという不満がギュンターの顔に出ていたからかもしれない。

「昨日で終わりではないからな」

「……え？」

「どんな関係でも俺は貴女を好きであり続ける」

——たとえ、貴女が人妻であり、王太子の妾という立場を壊せなくても。

昨夜、ナーシャは切ない目をして『私を、好きでいてください』と言った。それは、ランベルの妾であってもそこに愛がない証だ。恐らくやむを得ずその関係を持っているのだろう。

それを壊そうとすれば、ナーシャは苦しむだろうし、どんなに彼女への想いが強くても、自分が王太子から奪うことは容易ではない。強い覚悟がいる。

——それでも、一緒にいたい。この想いは彼女も同じだと信じていたい。

嬉しそうに頷くナーシャの顎を持ち、ギュンターは触れるだけの軽いキスをした。舌を入れようものなら、確実に抑えが利かなくなるとわかっていたからだ。

唇を離したギュンターはナーシャの耳元で話す。

「確か、明日から王太子殿下と妃殿下はエベラ国を訪問するご予定だったな」

「ええ、ご公務と新婚旅行を兼ねているとお聞きしています」

ランベルは気乗りしていなかったが、エベラ国の強い要望だった。

「では、明日の夜、またここへ来る」

「ギュンター様は、護衛で付き添われないのですか？」

不思議そうに見つめるナーシャの瞳は、降り注ぐ朝日のせいで薄く見えた。心なしか髪も真っ黒ではなく赤茶に見える。昨夜の艶麗（えんれい）な印象から一変、繊細で愛らしい天使のようだ。

「俺は、近衛兵であっても、国王の愛人の子だ。妾制度がない上に厳しい規律のあるエベラ国への入国は相応しくないと判断された」

前回の会議でそう言い渡されて、その時は多少なりとも憤慨したが、今となってはどうでも良かった。

「そんな理由で？　お怒りにはなられなかったのですか？」

ナーシャの目が悲しそうに陰りを見せる。

「別に。それよりも殿下が貴女の部屋を確実に訪れない事の方が重要だ」

――その間だけでも、貴女を独占できるから。

ギュンターは、去りがたい気持ちを隠しつつ、ナーシャの部屋を後にした。

王太子夫妻がルトギニアを離れるのは移動日数も含めておよそ半月。

その間、ルトギニアでは式典などの大きな行事はない。ギュンターの任務は軍事演習と王宮の警備に限られた。

宿敵――一方的に敵視されているだけだが――のマルドナが不在のためか、中庭を散歩するナーシャはとても穏やかな表情をしているように見える。

「この薔薇、不思議な模様をしているのね」

「ええ、ごく稀にこのようなドット柄の花弁をつけます」

庭師のルノーと楽しそうに話す彼女に見とれているのは、演習に向かうギュンターだけではなかった。

「相変わらずナーシャ様はお綺麗だな」

ナーシャに心酔している同僚のレオンもだ。ギュンターの隣で同じく馬を歩かせる彼は、目尻を下げてナーシャを見ている。

王太子夫妻の同行に大勢を取られたため、行進する馬の蹄の音も小さく、レオンの恍惚とした溜息さえもよく聞こえてきた。

「その上、最近は何とも言えない色香も漂わせるようになった。随分と殿下に可愛がられているんだろう。そう思わないか、ギュンター」

「……」

馬に跨がったまま、ギュンターは中庭から演習地へと視線を移した。

何も答えなかったが、心中は複雑だった。

ナーシャが、そのようないやらしい視線に晒されることへの不快感と、その彼女に色香を纏わせたのは自分だという優越感。

だが、心の奥ではそれらの気持ちが嫉妬に変わっていった。

「殿下が旅行中、ナーシャ様はお寂しいだろうな。特に夜なんて」

ギュンターは冷静さを失いたくなくて無言を貫いていたが、その言葉に眉をひそめた。

「もしかしたら、俺みたいな男でも、お部屋に忍び込んだら受け入れてくれるんじゃないか？　あの人も夜はただの女だろう」

聞き捨てならない言葉にとうとう口を開く。

「貴様」

元々鋭い目元に睨みを利かせると、レオンも彼の馬も、おののいたようにギュンターから離れた。

「な、なんだよ」

「死にたいのか」

自分でも驚くほど殺意が湧いた。

ナーシャが言葉で侮辱されるのも許せなかったし、レオンに寝取られるのを想像するだけで心が荒んだ。

「……は、はは。物騒だな、冗談だよ。しかしランベル様はお優しい王太子だ。たとえやったとしても、妾の貞操ごときで人を殺めたりはしないさ」

引きつりながらも呑気に笑うレオンは、そそくさと別の貴婦人に視線を移していた。

「この際、誰でもいいから相手してくれないかなぁ」

呆れて、それ以上脅す気も削がれたが、ギュンターはふと、ランベルの気持ちを考えた。

――国王からの手紙に書かれてあった内容が本当だとしたら、なぜランベルはナーシャを妾にした？　必要ないだろう？　ステファン伯爵同様、ただの美しい飾り人形を置いておきたかったのか？　それとも、肉体の関係はなくとも純粋に彼女を愛していると？

ギュンターにはわからなかった。

――愛していたら、心も体も、その人のすべてが欲しくなるものだろう？

もし自分なら医師に相談し、治す努力をする。そもそも国王になる人間がそんな大事な事を隠してはならない。

いや、国王になる者だから隠さなければならないのか、と思い直す。エベラ国の姫とも結婚してしまったし、今の状況では、隠すかごまかすしかないのだろう。ランベルがどんな気持ちでナーシャを妾にしているのかわからない。だが、今の状況はナーシャにとって良いものではない。

ギュンターは必要もないのに鞭を打って馬を急かせる。

気持ちはもう夜に向かっていた。

――ランベル。直接話せるなら言ってやりたい。

その優しさは、本当の愛ではない、と。

＊　＊　＊

「一体、何をなさっているのですか？」

ナーシャは首を傾げて尋ねた。

その夜、約束通りナーシャの部屋を訪れたギュンターは、ドアに細工をしているようだった。手先が器用とはいえ簡単な事ではないのか、彼の額には汗が滲んでいる。その様を職人のようだと見とれていたナーシャにギュンターが答えた。

「貴女の安全のために内鍵を取り付けた。本当は外からも掛けられるようにしたかったが、規則でできない。それに外鍵だと、王族の人間が貴女を簡単に軟禁できるからな」

「え……」

想像した事もなかったが、その言葉に、自分は改めて王族に飼われている人間に過ぎないのだと思い知らされる。ギュンターはさらに続けた。

「もし、部屋に入った時に不審者がいたら、大声を上げて助けを求めるんだ」

「大声を……」

ギュンターが心から自分を心配してくれているのだとわかり、ナーシャは嬉しくなった。

「まぁ、貴女が大声を上げる様は想像できないが」

「そんなことありませんよ？」

「喘ぎ声も小さかったし」

ナーシャは、ギュンターの返しに微かに頬を赤らめた。昨夜、彼に抱かれた事を思い出したからだ。いや、正確には、今日一日、ずっと頭から離れなかった。何をしていても彼の温もりを思い出し、心が落ち着かなかった。

『とっくに愛している』

彼からの言葉に心が震えた。ギュンターの熱い視線も、激しい愛撫も、交わる痛みさえも自分を欲してくれている証のようで幸せだった。何より、自分のギュンターへの思いも確かめられた。

——私もギュンター様を愛している。

「ナーシャ」

内鍵を回したギュンターに抱き寄せられると、ナーシャの鼓動は速まった。

「外からの邪魔は入らない。これで思う存分愛せる。……俺だけの貴女を……」

ナーシャが小さく頷く。

昨夜よりも欲情を露わにしたギュンターの目に、何か強い意志のようなものを感じ取る。けれど、その怖さよりも、独占される女としての幸福感の方がはるかに大きかった。

いつもより蝋燭の本数を増やした部屋は、宴の間のように明るい。

その中で、ギュンターの手によりあっという間に全裸にされたナーシャは、堪らず寝具の中に潜り込んだ。

「なぜ隠す？」

笑いを堪えるような声で、ギュンターが上掛けを捲り上げる。

「こんな明るい所で身体を見られるのが初めてだからです」

馬車の中は暗くて見えなかったし、昨夜も薄暗かった。

「俺も脱げば平気か？」

「そういう問題では……」

「こんな事で恥じらっていたら、昼間の野外での逢い引きはできないな」

「や、野外……？　そういう事をなさる方がいらっしゃるのですか？」

「あぁ。健康的だと言って、青空の下、草むらの中で情交する貴族は多い。この王宮の中庭は広いし、死角もあるから最適らしい」

——草むら……。

「大胆ですね」

ナーシャは一瞬、目を丸くしたものの、他人事のように言った。

そんな獣のような行為は、処女でなくなったばかりの自分には非現実的な話に思えた。

「……まぁ、昼間の野外というのは冗談だ。俺なら、貴女の裸を他の奴らに見せるような真似は絶対しない」

「え？」

「俺以外には見せない……」

ギュンターの呟きのような声は、ナーシャの耳には届かなかった。

もう我慢できないとでも言うように、ギュンターは荒々しく自身の軍服を脱ぎ、逞しい肉体を露わにした。その筋肉は秀麗で、ナーシャの目を釘付けにする。

ナーシャが見とれているうちに、彼は素早く寝台に上がると、熱い身体で覆い被さってきた。

一気に愛しい匂いに包まれたナーシャは、それだけで満ち足りた気持ちになる。

――ギュンター様の匂いは草原のように芳しい……。

両腕で抱きしめられたまま唇を重ねる。

ギュンターの熱い舌はナーシャの唇を割って、歯の裏側から舌の付根を優しくなぞった。こそばゆさがゾクゾク感へと変わり、絶えずナーシャに唾液を溢れさせる。それをギュンターが吸い上げると、合わさった唇から淫靡な音が生まれ、その音を聞いただけで子宮がきゅんと疼いた。

深いキスからナーシャを解放すると、ギュンターは明るい部屋の中で豊かな白い胸をじっくりと眺めた。

まるで初めて見たかのような陶酔の目をした後、そこに顔を埋め、鼻や頬を子供のように擦りつけてくる。その度に彼の髪が皮膚に優しく刺さり、くすぐったさと愛しさから、ナーシャは思わず手を伸ばして彼の髪を撫でた。

匂いや質感すべてを満喫したギュンターは身体を起こすと、今度は両手で柔らかな膨らみを形が変わるほど揉みしだき、ナーシャに甘い呻き声を出させる。再び覆い被さってきて、舌を使い、乳頭から、膨らみのふち、脇の下、胸のあらゆるところを舐めて吸いつくした。

——気持ちいい。

けれど、それがあまりに執拗だったので、ナーシャは、彼が幼児返りでもしたのかと心配になった。以前、通っていた修道院で、親の愛情不足から実際にそうなった大きな子供がいたからだ。

「……ギュンター様、大丈夫ですか？」

「何がだ？」

ギュンターはようやく顔を上げた。その口元はしっとりと濡れている。ナーシャの胸は既に唾液まみれだ。

「いえ、……ずっと、そこから動かれないので」

「あ？　あぁ、こちらがおざなりになって悪かったな」

違う捉え方をしたギュンターが、下肢の方へと手を伸ばして、秘唇を優しく触り始める。

「そういう意味じゃ……あっ……」

ナーシャの敏感なところを熟知している彼の指先が秘芽から滑り入り、膣内の恥骨の裏側をそっと刺激した。

「昨日、ここで達ったよな？」

膣壁を何度もタップされる前戯に翻弄されて、ナーシャは喘いだ。

「ん………そこ、ばっかりは……イヤ……」

自分だけが乱れるのは恥ずかしい。

それなのに、ギュンターは差し込む指を増やしてナーシャの反応を楽しんでいる。

——また、あの音。

くちゅくちゅという水音は聞くに耐えない。

「お願い、……もう、やめて……」

——普段は優しくて、誠実な方なのに。

性交をする時は、少し意地悪で子供みたいな悪戯をする。

——男の人は皆、こうなのだろうか？

はぁ、はぁと呼吸を乱しながら、花芽と膣壁への攻めに耐える。

「ほんとうに、おねが…や、め……」

このままでは、また一人で早々に、白い海へと落ちてしまう。

「やめてと言う割に、凄い事になっているが」

ギュンターは、秘口から己の指を抜き取ると、愛液でたっぷり濡れたそれを、ナーシャの目の前にチラつかせた。

「そろそろ、欲しいだろう？」

――やはり、意地悪だ。

頬を上気させ目を潤ませたまま、ナーシャは頷いた。

「良かった。俺も限界……」

思い切り脚を広げられ、中心にギュンターの剛直が刺さっていく。

「……ん、いっ……」

思わずナーシャが顔を歪めたのは、貫かれたばかりの痛みがまだ残っていたからだ。

こうやって広げられると尚更だった。難なく過ごしているように見えても、実は歩くだけでも脚の付根には鈍い痛みが走っていた。離宮内を歩いている時も、中庭でルノーと話している時も、違和感からのぎこちなさを隠すのに必死だった。

ギュンターには会いたくてたまらなかったけれど、本音を言えば性交自体はもう少し間を空けたかった。これでは彼に気を遣わせてしまう、と。

「まだ、辛かったか」

気がついたギュンターが欲棒を抜こうとする。

「大丈夫……です」

痛みから解放されるとしても、密着していた身体が離れていくのは寂しい。

ナーシャは彼の背に手を回した。お互いの上半身がぴったりとくっつき、硬く厚い胸板に自身の乳頭が擦れて甘い刺激が訪れる。

ギュンターは、その硬くなった赤い実を頬張りながら、自身の肉棒の先をナーシャの中の一番敏感な部分に押し当てた。

その行為はしばらくの間繰り返されて、ナーシャはまたシーツが濡れるほどに蜜を溢れさせた。

「こっちの方が楽かもしれないな」

細腰を摑み、自身の肉棒をゆっくり引き抜いた後、ギュンターはナーシャをひっくり返す。

「脚を伸ばして閉じたままでいい」

されるがまま、ナーシャはうつ伏せになり彼に背を向けた。恥ずかしい部分が隠されてほっとするが、ギュンターの顔が見えなくて少し不安でもある。

するとすぐに、ずっしりと、ナーシャの背に硬い身体が覆い被さってきた。

ギュンターの剛直の先端が、むきたてのゆで卵のようなナーシャの臀部から、割れ目を優しくなぞる。

差し込む口を探しているのか、それとも擦りつけて弄んでいるのか、はたまたぬるぬるしすぎて入らないのか。

焦らすような絶妙な動きに、ナーシャはもどかしささえ覚えて腰をくねらせてしまう。

するとギュンターは、撫でるように入口の粘膜を執拗に擦った。僅かに湿った音が聞こえ、ナーシャは羞恥で余計に子宮の中が疼くのを感じた。

蜜で濡れた陰口に、ようやくギュンターの先が入る。圧はあるものの、正常位の時に感じた突き破られるような痛みはなく、浅いところでも充分に感じられた。

奥へと挿入せずに腰をゆっくりと前後に揺らしながら、ギュンターは彼女の胸の下に手を差し込み、揉んだり摘まんだりと愛撫を忘れない。

ギュンターの熱い息がナーシャの耳にかかる度、子宮の奥がぞくぞくし、膣内がキュッと収縮した。

「――っ」

ギュンターが苦し気に息を呑む。

「貴女は、ここも弱いんだな」

ギュンターはナーシャをきつく抱き締めたまま、貪るように耳を弄ぶ。

耳朶から、耳介、耳の穴、外耳のあらゆるところをくちゅくちゅと舐めて吸い尽くし、湿った息を吹きかける。

「……ン――」

その度にナーシャの陰口は締め上げられ、ギュンターに切なさにも似た甘い声を漏らさせた。

「……はぁ……まるで、耳と性交、しているみたいだな……」

ギュンターが気持ちいいなら、嬉しい。

彼の愉悦がナーシャの感度を高める。

痛みから解放された体は、もっともっとと快楽をねだり、彼と深く繋がりたくて自ら腰

を浮かせる。

するとギュンターは、ナーシャの豊かな臀部をガッシリと摑んだ。

「は……ナーシャ……」

自分を求めるギュンターの顔が見たくて、少しだけ振り向くと、すかさず唇を奪われた。

やはり耳にキスされるより、こちらがいい。

舌を絡めながら、ギュンターの指が膨らみ切った花芯をやや強めに弄ると、ナーシャの膣壁はますます彼を締め上げる。

「あ、……ん、……あ」

「く、もう……」

ギュンターの呻き声と共にナーシャの中が蠕動(ぜんどう)する。

絶頂の波が二人同時に訪れて、ナーシャの中に白濁液が注がれた。


室内の灯りが漏れた窓枠には、虫につられるようにコウモリが数匹集まっていた。それを見つけても追い払えないほど、二人の身体は疲労していた。ギュンターは一度の吐精で終わらず、その後何度もナーシャを求めたからだ。

「……無理をさせてすまない」

豊かでしっとりしたナーシャの髪を撫でて、ギュンターがおもむろに言った。

「だが、明るい所で貴女のすべてを見られてよかった」

ナーシャはクスリと笑う。

「蝋燭をたくさん消費してしまいましたね」

「もったいないなどと言うなよ」

「ええ、言わないですよ」

ナーシャもギュンターのすべてを見る事ができて満足していた。

まるで彫刻像のように美しい筋肉質で、手も武骨で男らしい体型であるのに、うなじや手首に足首など、首が付くところはすべて細い。鍛えなければ華奢なのだろう。

体毛もあるべきところはそれなりに生えているが、脛や胸や腕などは女性のようにつるつるだ。小さなほくろもいくつも見つけた。顎の下、臍の上、太腿の内側にも。全部、愛しいと思った。

「おかげで絵を描くように、花をたくさん咲かせられたしな」

ギュンターが目を細めてナーシャを見た。

「……花？」

今にも閉じてしまいそうな瞼を必死に上げて尋ねる。ギュンターは乾いた手を伸ばし、ナーシャの胸の膨らみを撫で回しながら答えた。

「貴女に俺の証を残したかった」

――証……。

彼の手により持ち上げられた乳房には、赤い痕がいくつも付けられていた。

「赤ちゃんのようでしたものね」

執拗に、まるで吸血鬼みたいにずっと吸われていた。

「何とでも言え。これだけたくさん痣を付けたら、胸の開いたドレスは着られまい」

「そんな理由で？」

「あわよくば、貴女をこの部屋から出さないで済む」

冗談とは思えない真剣な目をして言うから、ナーシャはギュンターがわからなくなった。

「それでは、私がもし、陛下に呼ばれても出られないという事ですよね？」

「体調不良だと言えばそれも許されるだろう」

なぜ、そんな困る事を望むのかわからない。

「この痣はどれくらいで消えるのですか？」

「さぁ、薄いものなら、二日もすれば気づかれないんじゃないか？」

「この、濃くて大きなものは？」

谷間付近の出血にも見える痣を指して聞く。

「案ずるな。残念ながら一週間もすればほぼ消える」

まるで国王のような口調で言うから、ナーシャは笑ってしまった。

「反省していませんね？」

「なぜその必要がある？」

問いを被せてきた上に、ギュンターは再びナーシャに覆い被さり、その胸に貪りついた。

「——あ」

ちゅーっと吸って、また新たな痣を作る。

「ギュンター様！」

「ランベルがいない間、俺はずっとこの部屋に通う」

「ずっと？」

「そう、その度にこれを残すから、貴女はずっと他人の目を避けなければならない」

「……じょ」

「冗談じゃない。本気だよ」

「……」

これまで王太子のことはずっと〝殿下〟と呼んでいたのに、今、ランベルと呼んだ。つまりこれは、臣下としての言葉ではなく、彼の本音なのだろう。

——こういう一面もあったなんて。

不遜なことにも悪びれない彼の発言を恐ろしく思うと共に、愛されていることを思い知らされ、ナーシャは仄かに暗い笑みを浮かべた。

「俺は独占欲が強いんだ」

ナーシャの口を食べるように覆い、ギュンターが舌と一緒に唾液を流し込む。応えるように舌を絡ませていたナーシャだったが、段々と唾液が口内に溜まり苦しくなって、それをごくりと飲み込んだ。

「こっちにも……」

愛撫もそこそこに、いつの間にか弾けんばかりに膨らんでいたギュンターの一部が、まだ潤っていたナーシャの秘口に押し入ってくる。

今日はもう何度したかもわからないのに、彼はナーシャの腰を摑み、激しく律動させると、最奥にまた熱い欲望を吐き出した。

荒い息のまま、ギュンターはぼそりと呟いた。

「貴女を孕ませて、俺だけのものにしたい」

窓枠にいたコウモリが飛び立っていったのは陽が昇ってからだった。

【謹答――お手紙拝見いたしました。遅くなりましたがお返事申し上げます】

ギュンターが部屋を出ていった後、ナーシャは朝日が照り付ける中、気怠い身体を奮起し、クワディワフ王からの質問状に返事を書いていた。

すぐに書かなければいけないのはわかっていたけれど、やはり怖かった。

内容によっては、ランベルの性的不能が露呈され、国を揺るがす大騒動に発展しかねないし、妾として役に立っていない自分がどのような境遇に晒されるかも、前例がなくわからなかった。しかし、

【私は、まだランベル王太子殿下と性を交わしておりません】

ナーシャは本当の事を書いた。

ランベルが性的不能かどうかは、医学的な結論は出ていないし、自分が書く立場ではない。ナーシャは言葉を選ばなければならないと思った。自分にだけ打ち明けた、ランベルの思いや立場を考えての事だ。

【殿下は、私の部屋ではお茶や会話をたしなむ程度でした】

これを読んで、国王がどう動くか――。

――ランベル様がお医者様の手を借りてでも克服してくだされば……。

「こちらを陛下へ」

「かしこまりました」

シモンへは、受け取った時と同様にドアと床の間に封筒を差し込んで渡した。ギュンターの思惑通り、赤い痕を見られる事を避けるためだった。

このような行動に出なければいけないのは困った事であったが、愛する人に束縛されていると感じられることは、女としての喜びでもあった。

ナーシャにとってこんな感情は生まれて初めてだった。

「コウモリ除けに、ハーブと唐辛子を持って来た」

ギュンターは、ランベルがいない間、ほぼ二日おきに夜にやってきていたが、その日はコウモリを駆除するからと、まだ陽が沈む前に姿を見せた。

「唐辛子？　ニンニクではなくて？」

「それは吸血鬼だろ」

「あぁ」

笑いながら、ギュンターはコウモリのフンが落ちている窓枠付近を覗きこみ、「ここか」と、外壁をドンドン！　と激しく叩いた。すると、五センチほどの小さなイエコウモリが数匹、パタパタと羽を広げて空へと飛び立っていく。

「あいつらは一度出ていっても、すぐに戻ってくるからな」

「賢いですね」

「感心している場合か」

「コウモリは蛾や蚊を食べてくれる益獣なのでしょう？」

「奴らのフンはダニやノミを繁殖させるし、天井に住み着いたら屋根を腐らすから害獣でもある」

「捉え方で違いますね」

「もし部屋に入ってきたら、そんな呑気な事は言っていられまい」

「……それはそうですね」

この国では、ある寓話からコウモリは不吉と卑怯者の象徴とされているが、元々はコウモリがとても臨機応変な生き物で、それを見習うべきだという話だったらしい。人は先入観で物事を判断する。そして、その誤解を払拭するには多くの時間ときっかけを要する。

――ギュンター様の誤解が解けてよかった。この方に嫌われていた時を思い出すと辛い。

今が幸せだからこそ余計に……。

　忌み嫌われるコウモリを、妾として嫌われていた自分になんとなく重ねたナーシャの気持ちなど知らず、ギュンターはコウモリの入り込んでいた外壁の隙間にハーブと唐辛子でこねた団子を手際良く仕込んでいく。

「これでも住み着いたら殺して、隙間を埋めるしかないな」

「殺す？　どうやって？」

「これしかないだろ」

　ギュンターは軍服に携行していた銃を取り出して見せた。

「……」

　この時ナーシャは改めて、ギュンターが軍人なのだと思った。

　今はこうして宮廷を起点に主に警護活動をしているが、新たな戦いが勃発した時は国軍として戦地に赴く。今まではそんな軍人を遠くから尊敬するだけだった。

「どうした？」

「いいえ……こんなに近くで銃を見たのは初めてでしたので」

「怖いか？」

　銃を仕舞い、ギュンターが彼女のもとへ歩み寄る。

「はい……」

　小さく頷いて、蘇（よみがえ）る記憶に鼓動を速めた。

ナーシャにとって怖いのは戦争だった。父を奪った戦争。

大事な人を失ってしまう恐怖は計り知れない。

「愛する者を守るためだ。ランベルのようにお飾りの剣を装備しているだけでは、この部屋のコウモリ一羽とて退治できない」

ギュンターがランベルを貶めるような事を口にするようになったのは、恐らくナーシャと関係し、元からあったかもしれない闘争心が顔を出したせいだ。それがわかっているからこそ、複雑だった。

——やはり、兄弟として仲良くするのは難しいのだろうか？

「そんなことより……」

ギュンターが焦れた様子でナーシャを抱き締めて言った。

「貴女の新たな性感帯を探るべく、面白い物を持って来た」

「何でしょう？」

既に熱い息がナーシャの耳元にかかる。

「秘薬だ」

「え？」

ギュンターがポケットから取り出したのは、何層もの油紙に包まれた粉だった。

「惚れ薬という名の媚薬だな。以前、仲間がふざけてくれたものだが、興味深いと思わないか？」

　動物の内臓をすり潰して作った媚薬は、数年前からルトギニアでは魔術的な物として違法になった。しかし、その人気は衰えを知らず、貴族はおろか一般市民の間でも出回っていて、簡単に手に入れられるようになっている。

　まさか、そんな物をギュンターが手にするとは。目を丸くしてそれを見たナーシャは、自分は身体だけなのか、と一瞬切なくなった。

　しかし、ギュンターのからかっているような、どこか童心に返ったような表情を見て、咎める気にはならなかった。それに、本当に身体だけだとしたら、自分に聞かずに使っているだろう。

　ナーシャは首を横に振って、冷静に返す。

「それは、使えません」

「やはり嫌か。もっと乱れる貴女を見たかったが」

「そうではなくて」

「ん？」

「月経が先ほど始まりまして……」

　すなわち、性交自体ができないという事――。

　生理は穢れとして、あまり他人――特に男性――には話してはならないとされていたが、ナーシャは恥じずに伝えた。

　ギュンターなら他の男性と違い、偏見を持たずに受け止めてくれると思ったからだ。

だが、ギュンターはわかりやすく、子供のように落胆の表情を見せた。

「そうか……残念だな」

ストンと、傍にあった椅子に腰かけて、心から残念そうな顔をする。

「ギュンター様？」

――何が残念なのだろう？

ナーシャは肩を落とした彼を覗きこむ。

「貴女に注ぎ込んだ子種はすべて流れてしまったという事だろう？」

髪をクシャリと掻きむしったギュンターは、視線を彼女の腹部に移し、そっと手を伸ばした。

「……そんなにうまくはいかないものだな。それより、今日は痛むのか？」

「経験上、今日より明日の方が痛むと思います。でも、私は元々月経痛はさほど強くはないです」

「では、抱擁は平気だな」

ギュンターは座ったままナーシャを引き寄せ、両腕で彼女の腰を抱き込んだ。

〝出血している女性に近寄ると穢れる、一週間は隔離しないといけない〟

〝生理の血に触れたところは毒で腐る〟

などと昔から言われているのに、ギュンターは気にしていないようだ。重怠かったはずの下腹部が、彼の手で触れられているうちに軽くなっていく気がした。

「そうだ。もし体調に問題がなさそうなら、貴女を連れて行きたい場所があるんだが」

ギュンターが窓から見える空を見て言った。

「遠い所ですか？」

もしそうならば、今着ている胸の開いた部屋着から、痣の隠れるドレスに着替えねばならない。

「いや。近くだ」

近くに掛けてあったストールを手にし、ギュンターが微笑んだ。


林を抜ける蹄の音が心地良かった。

ストールを巻いたナーシャを馬に乗せてギュンターが向かった先は、王都が見渡せる小高い丘だった。彼のお気に入りの場所らしい。

「王宮の裏にこんな場所があるなんて知りませんでした」

馬から降りたナーシャは息を呑む。

――綺麗……。

町中が夕日に照らされて、すべてがオレンジ色に染まっている。

立派な宮殿も、民の家も、深緑色のはずの木々も、遠くに見える湖も、燃えているかのように色づいていた。駆け抜ける風も乾いていて気持ち良い。

「この時間帯が特に絶景なんだ。独りで見るのはもったいないが、かといって言いふらしたくもない、大切な誰かと共有したいと、ずっと思っていた」

ギュンターの何気ない言葉が嬉しかった。同時に、この場所に一緒に来た女性は他にもいるのだろうかと思った。それを想像するだけで胸が少し痛んだ。

「ギュンター様は、恋人は?」

「貴女以外にいるわけがないだろう」

愚問だと言わんばかりにナーシャを睨む。

「あ、いえ。今まで、どのような方と恋をなさっていたのかと気になって」

潔癖(けっぺき)に近いタイプのギュンターが、人妻である自分とこうなるまでにどんな恋をしていたのか気になった。貴族でもある彼が自由に恋愛ができたかどうかはわからないけれど。

「俺は過去、誰も好きになった事はない」

馬を愛でながら、ギュンターは何気なくサラリと言った。

「え」

ナーシャは驚いて顔を上げた。

「そんなに目を丸くするような事か?」

「だって、貴方はご令嬢たちの憧れの的で、周りにも素敵な女性が多くいたはずなのに……」

それに、庶子とはいえ国王の息子だ。軍人としても有望。健康で見た目も美しい立派な青年だ。

恋人も結婚相手も選り取り見取りのはずだし、近づいてくる女性も多かっただろうに。

――それなのに、なぜ……。

ナーシャは端正で美しい横顔を見つめた。

「ずっと、囚われていたのかもしれない」

ギュンターの前髪を風がめくった。

鋭く見える目元が、今日は優しくなだらかな弧を描いている。

「俺は、貴女に会えた事で、母を欲しがる子供からようやく脱することができた」

「ギュンター様……」

ギュンターはポケットから懐中時計を取り出し、中の母親の肖像画を見て続けた。

「前にも話したが、これまでこの肖像画は、『母のようにはならない』という戒めを込めて持っていた。だがこれからは、貴女の肖像画と入れ替えたい。貴女をずっと傍に感じることで穏やかな気持ちになれるからだ」

彼の掌で、ウランゲル伯爵夫人は変わらず微笑んでいた。けれど、どこか悲し気に見える。

――ギュンター様のお気持ちは嬉しい、でも……。

同じ愛でも、母と恋人では形や深さが違う。入れ替えられるものではない。

ましてや自分は人妻であり、王太子の妾だ。普通の恋人とは違う。肌身離さず持っている肖像画にするほどの価値はないのではないか。

ナーシャはギュンターの手を、下から支えるように触れた。

「堂々とお会いできる関係ではありませんけれど、私の心はいつも貴方の傍にあります」

ナーシャは、銃や剣を扱うことでマメやタコができた男らしい彼の手が好きだった。

器用で何でもできる手。

自分を悦びへと導いてくれる手。

どんな時も抱き締めてくれる大きな手。

——失いたくない。

ナーシャはいつの間にか、ギュンターのことを一番大事に思っていた。この気持ちが背徳だとしても自分にとっては本物の恋だと信じていた。

時計の蓋を閉めたギュンターは、柔らかかった表情を少しだけ引き締めて言った。

「時機を見て、貴女をこの王宮から連れ出したいと思っている。考えてみて欲しい」

それは、重い言葉だった。

けれどナーシャも、許されるなら夜に密会するだけでなくどんな時もギュンターと一緒にいたいと思い始めていた。

そうなるには、ナーシャ自身が乗り越えなければならない壁がいくつもある。夫との関係、王太子との関係、実家との関係……。自分の望みだけで簡単に頷ける事ではない。

しかし自分は、それを解決できる力を彼からちゃんと受け取っている。

光は小さくてもきちんと見えている。

——もう少し、私に力があれば。

「……時間を、ください」

ナーシャの声は、丘を吹く強い風に物憂げに掻き消された。

＊　＊　＊

ナーシャたちが宮殿裏の丘から景色を眺めてから三日後、バーソビア宮殿の入口は近衛兵や臣下たちが行き交い、非常に慌ただしかった。

「ランベル様が予定より早くお帰りだ」

「しかもお一人で！」

帰国を告知されていなかった門兵たちは驚き、エベラ国での滞在期間を勝手に短縮したことにクワディワフはひどく腹を立てた。

「妻を置いて一足先に帰るとは、一体何を考えている？」

一行を出迎える臣下たちの間を割って、クワディワフがランベルの前に立ちはだかった。

「体調が優れません。あちらの食が合わなかったようです。しかし必要な公務は当然こなしてきました。あちらの国王の承諾を得て、観光を兼ねた各地の訪問を縮小させて頂いた次第です」

淡々と答えるランベルの顔色は確かに悪かった。

「せっかく妃と二人きりで羽を伸ばせる機会だっただろうに」

これまでも、新婚の王族が監視の少ない旅先で子宝に恵まれる事例はよくあった。

「お気遣いなく。私はいつも羽を伸ばしていますよ。国政にはほとんど携わっておりませんから」

嫌味とも取れる返しに、クワディワフは更に苛立ちを募らせた。

「マルドナ妃はいつ戻る？」

「わかりません。母国はやはり居心地がいいようで、予定より少し遅くなるのでは」

「ちゃんと帰ってくるのだろうな？」

「エベラ国からこちらへ新たに連れてくる従者の追加名簿を渡されたので、帰ってくると思います」

「追加の従者を許可したのか？」

「ええ。母国語で話せる従医がいた方が良いと言うもので。彼女が病気をするようには思えませんが」

さも興味がないと言った様子でランベルは続けた。

「恐れ入りますが、今夜はもう遅い時間になってしまいましたので、公務の報告は明日させて頂きます」

「ランベル」

国王の呼び止めを無視し、晩餐も取らずに彼が向かったのは、自室ではなく離宮にあるナーシャの部屋だった。

——久しぶりだ。

近付くにつれ、足取りも軽くなった。遠くに獣の声がする真っ暗な回廊を一人で進むのは苦手だったが、ナーシャのもとへ通う時だけは平気だった。

——婚礼の儀以降、なかなか寄れなかったが、元気にしているだろうか？

ランベルの手にはエベラ国の土産が沢山抱えられていた。

——早く、会いたい。

ナーシャの部屋が近くなると、ヴィオラの音が聴こえてきた。彼女が奏でているのだろう。

——初めて聴く曲だ。

ランベルは、王族の教養として有名な曲は大体わかるし、ナーシャが好んで弾く曲も、王族や貴族が聴きたがる曲も大体知っている。宮廷楽師が即興で作らされる曲も、ほぼ既存曲の二番煎じだ。だが今耳に届く曲はまったく新しいものだった。

——これはきっと、彼女が作曲したものに違いない。演奏しかできないと言っていたのに、凄いじゃないか。

自分が部屋を訪れれば、きっとナーシャは演奏を中断してしまうだろう。

終わるまで待っていようと、歩調を緩めたランベルだったが、廊下の突き当たりの角を曲がった所でヴィオラの音が途絶え、そしてあることに気づき、足を止めた。

なぜなら……。

「じゃあ、また来る」

背の高い軍服の男がナーシャの部屋から出てきたからだ。思わず隠れ、耳だけを澄ます。

「おやすみなさい、ギュンター様」

「あぁ、おやすみ。鍵をちゃんと掛けておけよ」

――やはり、あいつか。

明らかに親しい間柄であるのがわかる話し方だ。

――しかも鍵って。あの部屋の主人は自分だ。それなのに勝手に鍵を付けるとは……。

なぜ、彼女を正式に囲っている自分が隠れなければいけないんだと情けなくなったが、どうしても二人の前に姿を現す事ができなかった。

思えば、ナーシャの口からギュンターの名前が出た時からこうなる予感はあった。

彼女が、自分ではなくギュンターに惹かれても咎める事はできない。性的不能な己と比較すれば、彼の方が男としては魅力的に違いないからだ。

しかし、元々根底にあった嫉心が増すのは自然な事だった。

――ギュンター、お前は、健康な身体も父からの信頼も自由も持っているのに、なぜナーシャまで取り上げる？

その日、ランベルが彼女の部屋へ入る事はなかった。

第五章　非情

ランベルが帰国してからまだ間もない頃、世界各国では天然痘が猛威を振るうようになっていた。

治療薬はできていなかったが、天然痘患者の膿を接種する予防法である種痘が広まりつつあり、王族は皆それを受けている。だが、クワディワフの弟が罹患してあっという間に亡くなった事で、王宮は大混乱に陥っていた。

「接種してもかかるのか!?」

「あのお方は王族の血が穢れるとして、民からの種痘を拒まれていたのです」

彼の家族や王族は皆隔離され、感染拡大を防ぐために葬儀も最低限度の規模で執り行われた。

天然痘の恐ろしさを改めて思い知る出来事だったが、ここである問題に目が向けられることになった。

クワディワフの弟は、ランベルに続き王位継承権第二位の者であったが、結婚しても男子に恵まれていなかった。よって、今まで以上にランベルに世継ぎへの期待が寄せられるようになったのだが、追い打ちをかけるように、臣下たちの耳に良くない噂が入り始める。

「ランベル王太子は性的に不能だ」と。

ごく限られた側近と宰相、従医長が王の間に呼ばれ、話し合いがもたれた。

豪華絢爛(ごうかけんらん)な部屋だったが、中は非常に重苦しい空気に包まれていた。

「医者から診て、ランベルはどうなんだ？　包み隠さず述べよ」

クワディワフは、老いた従医長に尋ねた。

「性交時を拝見していないのでハッキリとはわかりませんが、恐らく皮かむりが原因かと思われます」

「治るのか」

「ゲルマニアの専門医師なら外科手術も可能かと……。しかし、手術に成功したからといって必ず勃起するとは限らないのです。王太子殿下はお心が繊細なので、もしかしたら一番の原因は肉体ではなくお心にあるのかもしれません。それに、手術は大変な痛みを伴います。後遺症をもたらす事もあります。殿下では乗り越えられないかもしれません」

「それでは救いようがないではないか」

クワディワフは大きな溜息をつき、側近たちは顔を見合わせた。

「このままでは、王家の存続に関わります。反王政主義の貴族を図に乗らせるばかりか、他国からの侵略を招いてしまう恐れも……」

難しい顔で聞いていた宰相がようやく口を開いた。

「陛下には認知したお子様がいらっしゃるではありませんか」

クワディワフの金色の眉がピクリと動く。

「妾の子供に王位を継がせよ、と?」

現在のルトギニアの教会法では、正妃の産んだ男子しか国王になれない。その法を変える事ができるのは教皇だけだった。だが、教皇の親族であったランベルの母親が精神を病んで亡くなった事から、今はルトギニアと教皇の仲は険悪だった。

「今の情勢では難しいでしょうね。ここで、一つの案として申し上げますが」

宰相が立ち上がり、クワディワフに近寄る。察した彼は、他の側近に退室するように促した。

「……以前から私は、マルドナ妃殿下はランベル殿下よりもギュンター様との方が相性がよろしいのではないかと思っておりました」

二人きりになっても宰相は声を落としたまま続けた。

「お前、まさか」

「そうです。マルドナ妃殿下に、密かにギュンター様のお子を孕んで頂いてはどうかと」

宰相の提案に、クワディワフは頭を抱えた。そのような事がもし明るみに出れば王家最大の醜聞になる。

「そんな不道徳なことに、妃もギュンターも従うと思うか?」

「マルドナ妃殿下も、男子を産まないとご自身の地位が危うくなる事はわかっておいででしょうし、ギュンター様は独身でまさに男盛り。軍での昇進を約束したら話に乗って頂けるのではないですか？」

——そうだろうか？

クワディワフは、ギュンターの生真面目で潔癖な性質をよく知っていた。昇進云々で納得するとは思えないし、彼はこういう駆け引きは好まないのではないか。

「まぁ、もしそれが叶った場合、ランベル様がご傷心される事は懸念されますが」

その宰相の気づかいについては、

「その心配は無用だ。王太子として生まれたからには個人の感情など捨てねばならない」

と、あっさりと跳ねのけた。

「マルドナ妃殿下のご返答次第では、妃殿下が泥酔されていらっしゃる時にギュンター様に敢行して頂きましょう」

——あの妃が泥酔するところなど想像もできないが……。それに、命令とはいえ、そもそもギュンターはあのやせ細ったそばかす女に欲情するだろうか？

クワディワフが腕を組んで考えていると、宰相はにやりと笑い、さらに大それたことを提案してきた。

「そちらの案がうまくいかなった時のために、いっそのこと法を変えてはいかがでしょう？」

大胆な話だ。この宰相は昔から、独裁的な教皇を苦々しく思っている節がある。そのため、教皇に対し冒瀆するような危うい発言も多かった。

「教皇が認めるとは思えないが？」

「そもそも、教皇に認めてもらわねば国の法が変えられないとはおかしな話です。今の教会から離脱し、陛下が長となる新しい教会を作れば、法も変えられます。もちろん教皇率いる教会からの反発は避けられませんが、議会の貴族たちにメリットを示し、賛同を得られれば決して難しくはありません」

「しかし、妾の子供に王位継承権が与えられることになれば、ギュンターだけではなく、顔も知らん私の子たちにその権利が生まれることになるが」

一体、何人になるだろう？　認知もしていないので、そもそも顔も知らない。ちゃんとした血筋の女ならまだしも、娼婦や使用人、奴隷との一夜で孕ませてしまった例は数えきれないほどにある。

――まあそれは、万が一の最終的な手段だな。それより……。

クワディワフは、机の引き出しに仕舞っておいたナーシャからの手紙を取り出した。

「どうせ王位を継がせるなら、美しく才のある女の産んだ子がよいな？」

「さようですね。ウランゲル伯爵夫人のような……ですか？」

宰相は、クワディワフが何を考えているか手に取るようにわかっているようだった。

「ランベルが不能である事は絶対に漏らすな。口外した者は見せしめのために反逆罪で即刻処刑せよ」

「かしこまりました」

宰相が出ていくと、クワディワフは流れるような速さで新たな手紙を書いた。

彼はまだ、ナーシャの清らかで肉感的な身体を諦めていなかったのだった。

＊＊＊

国王の弟が亡くなったというのに、その葬儀はとても簡素なものだった。

「俺は種痘を済ませているが、貴女はまだだろう。なるべくこの離宮から出ない方がいい」

「ええ。そのつもりです」

ナーシャの部屋を訪れていたギュンターは、一見寛いで見えたが、その表情は少し険しかった。

サロンも音楽会も自粛することになった王宮はとても静かだったが、側近を集めた緊急会議が増え、王族に近い者たちは物々しい雰囲気だ。

「陛下は、一体何を企んでいるんだ……」

葉巻を吸おうとポケットから取り出した彼は、ここがナーシャの部屋である事を思い出したのか、火をつけずにそのまま仕舞った。

「ナーシャ、ここへ」

代わりの安定剤を求めるように、椅子に座ったままナーシャを自身の膝の上に座らせた。まるで子供のような戯れにナーシャは恥ずかしさを覚えた。

「最近、殿下はいつここへ来た？」

ギュンターの息がナーシャのうなじにかかる。

「帰国なさってからは、まだ一度もいらしていません」

ゾクゾクしながらも、声を揺らさず答えた。

「そうか。てっきり帰国してすぐに貴女の部屋へ来ると思ったのにな」

ギュンターとの夜の密会は、ランベルが帰国してからも機会を見つけては続けられた。この自粛の状況が人目に触れる危険性をかなり低くしていて会いやすかったからだ。

「まぁ、戻ってすぐに身内の不幸だ。妾のところに入り浸れば不謹慎だと言われるだろうしな」

ギュンターの手が、ナーシャのナイトドレスの襟元を慣れた様子で引き下げる。無骨な指先が双丘を支えるようにしながら白い肌に食い込んだ。

豊かな膨らみを激しく揉みしだかれる淫らな姿が、前の鏡に映し出されている。

「私たちこそ不謹慎ですね」

――ランベル様。……ごめんなさい。

ランベルの叔父が亡くなったというのに、妾である自分は彼に内緒でこんな淫らな事をしている。とても許される事ではない。

「こうなったら、行きつくところまで……地獄にでも行くか？　貴女とならそれも悪くない」

続けてスカートの裾から手を忍び込ませ、手際よく下着を脱がす。足首に絡まったそれは、鏡で見るとなおさら卑猥に感じた。

もう片方の手で彼女の顎を摑んだギュンターが、舌を奥深く入れてくる。ナーシャはそれを躊躇いなく受け入れ、二人の口元がだらしなく濡れていく。

安堵感と背徳感が色欲を高める。

いつの間にかギュンターも下衣を下ろしていて、ナーシャの柔らかな臀部には既に硬くなったものが押し付けられ、今にも弾けそうになっていた。

「もう、月経は終わったのか？」

ギュンターが己の指先で秘部全体をなぞりながら聞いてきた。こそばゆさにも似た心地良さが押し寄せる。

「……はい」

「そうか、少し弄っただけでこんなに濡れているから血なのかと思った」

指に絡む愛液を目の前で見せられたナーシャは、自分がとても淫らな生き物だと思い知らされる。

「ナーシャ」

「はい……」

ギュンターの先端が、臀部から秘口へと滑っていく。突いたり、なぞったりしながらもすぐには差し込まない。その間、椅子に滴り落ちた愛液が濃い染みを作っていた。

「欲しいか」

　また、意地悪だ。

「……」

　何度肌を重ねても、羞恥はそうそうなくならない。

　小さく頷くだけのナーシャへ罰を与えるかのように、ギュンターは彼女を強引に立たせて、近くの壁に押し付けた。

「貴女はなかなか自分の欲を口にしないな」

「……あ！」

　言うなり、ギュンターは裾をたくし上げ、熱い肉棒をグッとナーシャの奥まで差し込んだ。立ったまま、しかも背後から貫かれ、ナーシャは小さく羞恥の声を上げる。

　身長差があるために、ギュンターは少しかがんだままナーシャを引き寄せた。

　ズンと突かれる度に、露出した胸が壁に押し付けられ、先端に冷たい刺激が走る。更に奥へ進もうと、ギュンターはナーシャの腰を摑んで臀部を突き出させた。

「こんな獣のような恰好でも、貴女は感じるんだな……俺を締め上げる……」

　荒い息を吐きながらギュンターが腰の動きを速めると、ナーシャは思わず獣のような呻き声を漏らしてしまう。ナーシャ自身も獣になった気がした。

「あぁ、……ん……あっ！……」

この部屋の前を誰かが通ったら、間違いなく自分の淫らな声が聞こえてしまうだろう。

そう思うと、ナーシャの秘窟はキュッと収縮し、蠕動がますます激しくなる。

「……そろそろ……」

ギュンターの掠れた声が聞こえた。

「ここを出よう、ナーシャ」

不意打ちの言葉と共に、ギュンターはナーシャの中へ大量の白濁液を流し込んだ。

「性急すぎたな」

ナーシャを背後から抱き締めたままギュンターは自嘲気味に言った。

「今夜は急がれているのですか……？」

「そんなことはない」

汗だくのまま、ナーシャは窓を見た。閉め切っていたために、ガラスに無数の水滴が付いていた。

「ナーシャ、貴女は、いつまでこうしているつもりだ？」

ギュンターの汗が、ナーシャの身体を伝って床に落ちる。暑い夜だ。

「先ほど、ギュンター様は離宮から出ない方がいいとおっしゃいました」

わかっていた。ナーシャの中に射精する前、ギュンターが重大な決意も吐き出した事を。

「それはあくまで感染防止のためにそう言ったんだ」

「……まだ、時期ではないと思っています」

ナーシャは部屋の隅に置かれたヴィオラへと視線を移した。これからの事については、ナーシャの中にもある程度の道筋が描かれていたのだ。

たとえ、ランベルが自分を自由にしてくれたとしても、その時は恐らく一文なしだ。実家は、借金がなくなっていたとしても、夫のステファン伯爵の援助がなければ、瞬く間に没落してしまうだろう。そうならないために、最低限、音楽家として収入を得られるようになっていたかった。

何も失わずに自由を得られるほど甘くはないのはわかっていた。

「時期とは……いつなんだ？」

「まだ、わかりません」

「……俺は、貴女が何を考えているか、今一つわからない」

ギュンターが僅かに失意を露わにした時、

「ナーシャ様、夜分に申し訳ございません」

入口のほうからシモンの声が聞こえてきた。

「どうなさったの？」

ナーシャはすばやく乱れた服を整えると、ギュンターの腕から離れ、ドアに近寄った。

「どなたか、お部屋にいらっしゃいますか？」

「……いいえ」

勘ぐるようなシモンの声に心臓が脈打った。

ドアを叩かずにいきなり声をかけたのも、いつものシモンらしくなかった。一体、いつからそこにいたのだろう。

壁越しに淫らな声を聞かれたのかもしれない。冷ややかな汗が滲み出る。

「国王陛下からの書簡です。くれぐれも他人の前でお開けになりませんよう」

この前と同じように、ドアと床の間から中に差し込まれた。

「ええ。わかりました」

受け取ったナーシャは、内容が気になりつつもそれを鏡台の引き出しに仕舞う。

——何が書かれてあるのだろう？　ランベル様の事、どう考えられたのかしら？

シモンの足音が消えてから、ギュンターが口を開いた。

「陛下と手紙のやり取りをしているのか？」

いくらギュンターとはいえ、手紙の内容は話せない。ナーシャは、「ええ」としか答えられなかった。

「一体、何が書かれているのだろうな」

何かを察した様子のギュンターだったが、それ以上の詮索はしなかった。ナーシャはそのことにほっとする。

ここ数日の間に、「王太子は不能なのではないか」と口にした者が二人ほど処刑されていた。

絶倫で非情な国王は手段を選ばない。好色で温情に欠けるお人柄だとナーシャは気がついていたが、ここまでとは思っていなかった。けれど、

「良くない事に巻き込まれる前に、貴女はこの王宮を出るべきだ」

ギュンターの忠告を、この時はまだ漫然（まんぜん）と聞いていた。

【ランベルも含めて今後の話し合いをする。明日、誰にも告げる事なく王の間に出向かれよ】

クワディワフからの手紙には、時間も指定してあった。

いよいよ来たかとナーシャは思った。

近頃、ランベルが自室を訪れていない事からしても、自分はもう妾として不要であり、バーソビア王宮から出ていかねばならないだろうと思っていた。

——ギュンター様が事を起こさなくても、私から一つの足枷が外される。

あれから手紙一つ寄こさない夫のステファン伯爵は、また怒り心頭に発するかもしれない。だがそれも受け入れるさだめだ。

天然痘の罹患者を多く出した王宮の夜は、静寂そのものだった。

——喪中とはいえ、晩餐会もしない王族や貴族は、こんな夜は一体何をしているのだろう。

音楽や笑い声の届かない、大理石や鏡で覆い尽くされた回廊は、幽霊でも出そうなほど不気味だった。

王の間に近づくにつれ、警備の兵が点々と配備されるようになる。その中にギュンターの姿はなく、無表情な近衛兵たちは、通り過ぎるナーシャに声をかける事もなかった。

「ナーシャ様がお見えになりました」

王の間の前で待機していたシモンがナーシャに気づき、重い扉を開けてくれた。

一瞬合った彼の目が何か言いたげだったのがナーシャには気になった。

「呼び立てて悪かったな」

「いえ……」

「まぁ、話も長くなる。そこへかけよ」

「はい、失礼いたします」

クワディワフに促されナーシャは椅子に座る。

謁見の間とは違い段差がないので、上からの威圧的な目線や態度がない分、いくらかは緊張せずにいられた。以前見た時より、ややふっくらした体型もクワディワフを少し温厚に見せたのかもしれない。

室内には、クワディワフの他に召し使いの男性がいて、酒の用意をしていた。テーブルにグラスが三つ用意されている。ランベルもそのうち来るのだろう。

「先に進めていよう」

酒の注がれたグラスをクワディワフが掲げる。酒など飲みたくなかったが、国王に勧められれば口にしないわけにはいかなかった。グラスを交わして、ナーシャは一口だけ口に含む。

とても飲みやすいシャンパンだった。

「あの、お話というのは……」

ナーシャが早速切り出すと、クワディワフは召し使いの男に目配せをして、退室を命ずる。

――やはり、ランベル様のお身体の話はタブーなのね。

「ステファン伯爵夫人、そなたの手紙にはあのように書かれてあったが、本当は、あれの男性機能がよろしくない、という事には気づいていたんだろう？」

クワディワフは、まっすぐにナーシャを見つめて聞いてきた。

その淡い緑色の瞳は、以前この部屋で、自分をみだりがましい目で見たものとはなぜか違って見えた。

きっと純粋に父親として心配しているのだ。これならば豹変する事はないだろう、とナーシャは小さく頷き、「陛下にだけ、お伝えします」と前置きした後で、ランベルとは最後まで至っていないことを話した。

「そうか。よく話してくれた。これまで他の者に漏らさなかったことにも感謝する」

目を細めてナーシャを見たクワディワフは、更に酒を勧めてきた。

ナーシャが部屋に来てからだいぶ時間が経つが、ランベルはまだ現れない。

「ありがとうございます。……あの、今日は、ランベル殿下は、お見えにならないのでしょうか？」

「当人がいては話しづらい事もあろうかと、あれには少々時間をずらして伝えてある」

「……そうなのですね」

けれど、ナーシャにはもう話す事はなかった。今はさすがに迫ってきたりはしないと思うが、あの時のことがどうしても頭を過り、国王と二人きりで過ごす時間は苦痛でもある。

柱時計の針の音がやけに大きく聞こえていた。

「では、本題に入らせてもらおうか」

クワディワフの声が一段と低くなった。

——来たわ。

ナーシャは放逐に備えて身構えた。

「となると、不能の王太子に妾は必要か？　という話になってくる」

短い物言いであっても、国王の言葉は十分理解できた。妾にかかる費用は、すべて民から徴収した税金が使われている。ナーシャ自身、今の境遇は針の筵に座っているような思いがしていた。

「理解しております」

ナーシャの返事に満足した様子のクワディワフは、ほとんど減っていないナーシャのグラスに更にシャンパンを注ぎ足した。

「ただし、法が変われば、そなたの存在意義も大きく変わる」

「法、ですか？」

――どういう意味？

想定外の話に、ナーシャは首を軽く傾げた。

「妾の産んだ子供にも王位継承を認めようという法律だ」

まだ三口ほどしか酒を飲んでいないナーシャだったが、既に頭がぼうっとしてきていた。

「それは、ウランゲル少尉殿にも、という事ですよね？」

「そうだ」

――ギュンター様が、もしかしたら、いつか国王に……。

それは喜ばしい事なのかもしれないが、ナーシャにとっては複雑だった。彼が正真正銘の王族になれば、必ず政略結婚をしなくてはいけなくなるだろう。その時自分は、ギュンターにとって邪魔な存在になってしまう、と。

思わずシャンパンを多めに口に含んだ。暑さもあって喉はいくらでも吸収していく。

「しかし、その法が成立したら、私にどのような変化があるのでしょうか？」

酔いが回ってきても、ナーシャの思考はまだしっかりとしていた。

「そなたが王族の子を産めば、我がヴィレマニ家の繁栄に貢献できるということだ」

――ランベル様は性交できないという話なのに？

まさか、ギュンターと自分の関係を知ってこんな話をしているのかと思ったが、次にクワディワフが言ったのは驚きの提案だった。

「そなたに私の子を産んでもらう。それを、ランベルの子として育てればよい」

「え」

有り得ない、と拒絶の言葉を吐こうとしたが、舌が回らず出てこなかった。

「──も、申し訳ありません、気分が……」

暑気あたりになった時と同じような症状が現れて、ナーシャの意識はそこで途絶えた。

＊　＊　＊

──おかしい。

王宮の警護に当たる者の数がいつもより増やされている事にギュンターは疑問を感じた。

それに、近々、国内の修道院を解散させる動きがあるという。

それはすなわち教皇と完全に対立するという事。

──何をしでかす気なんだ？

宗教上の禁止事項は、国王の離婚と、離婚歴のある者を配偶者に迎える事、そして妾の子に王位を継承させる事、だ。

──エベラ国とはまだ同盟を結んだばかりだ。王太子とマルドナ妃の離婚は考えていまい。国王が離婚歴のある愛人を王妃に迎え入れるという話も聞いた事がない。あるとしたら……。

「マルドナ妃の侍女、審理もなしに処刑が決まったらしいな」

厩舎にて、兵たちの話し声が聞こえてきた。

恐らく、先日王太子に対して侮辱発言があったとして不敬罪が確定した女の事だろう。

マルドナ妃と夫婦関係が未だにないのはランベルが性的に不能であるからだと噂したためだった。

「なんでも、樽に生きたまま入れて、川に沈めるらしいぞ」

「怖いな。しかしランベル様は、本当のところどうなんだろうな？」

「俺の婚約者の話だと、やっぱりダメらしい。勃たないんだと」

「へぇ、じゃあ世継ぎはどうなるんだ？」

「王がまた子種を撒くんだとよ」

――くだらない話を。

麦わらで馬の寝床を作っていたギュンターは、持っていたピッチフォークを音を立てて倒した。広い厩舎に金属音が響き渡る。

「ウ、ウランゲル少尉殿！　まだいらっしゃったんですか？」

ギュンターの存在にようやく気づいた兵たちは、バツが悪そうに厩舎の掃除の続きを始めた。

「その件は王族が敏感になっている。あまり口に出して話さない方がいい」

「はは、そうですね」

部下に釘を刺すだけのつもりだったが、ふとある言葉が気になり、顔を引きつらせて立ち去ろうとする男の後ろ襟をぎゅっと摑んだ。

「な、何ですか？　猫みたいに摑まないでくださいよ」

「さっき、婚約者の話がどうとか言っていたな。お前の許婚は随分と口が軽いようだ。何の役職だ？」

王太子の夜の事情について知っている者は限られている。

「き、聞かなかった事にしてください！　彼女、悪気はなかったんです。ただ、本当の事を話しただけで処刑されるなんてあまりに不憫だと、つい口を滑らせただけで……」

鋭い眼差しを緩めないギュンターに萎縮した男は、とうとう吐いた。

「……俺の婚約者は、国王部屋付きの寝具係です。何でも、シーツの取り替え中に王太子の妾であるステファン伯爵夫人からの手紙を見てしまったと」

「ステファン伯爵夫人の手紙……」

——例のあれか。

これだけ厳しく緘口令(かんこうれい)をしいているのに、己の脇が甘過ぎる国王にギュンターは内心呆れていた。

——しかし、そんな事より……。

「で、子種を撒く、というのは？」

嫌な予感がして、ギュンターは真相を追及する。

「い、いえ……あの……」

「遠慮なく話すといい」

ギュンターはさらに凄味をきかせた。

「あ、あの、陛下って、夜の趣味が変わっているらしくて」

「夜の趣味？」

男はとても言いづらそうに続けた。額には汗が滲んでいる。

「少々、加虐体質と言いますか、性交相手を部屋に呼ぶ時は、急でもない限り、ベッド脇に道具を用意させるらしいのです。……今朝、それを久しぶりに見た、と」

「今朝、だと？」

「は、はぁ」

突然、ギュンターに解放され、男はよろめいた。

「少尉殿？　どちらへ？」

「すまない、道具を片付けておいてくれ。急用を思い出した」

ギュンターは脇目も振らずに宮殿内を走り、ナーシャのいる離宮へと向かった。

国王の久しぶりの性交相手が彼女なのではないかと予感したからだった。

夜に訪れるときは、いつも人目を忍んで足音にも細心の注意を払っていた。しかし、今夜のギュンターにはそんな余裕はなかった。途中で、暇をしている宮廷音楽家や貴族ともすれ違ったが、気にせず先を急ぐ。

「ナーシャ！」

もしかしたらランベルが居るかもしれないと思いつつ、それでも構わないと扉を激しくノックする。

「居ないのか？」

何度叩いても返事がない。

「入るぞ」

寝入っている可能性もある。それなら、一目だけでも顔を見て安心したいと扉を開けるも、部屋にはやはり誰もいなかった。

――どこに行ったんだ？　やはり……あいつの部屋か。

今のギュンターにとって、クワディワフは国王でも父親でもなかった。ただの獣だ。

――そうだ。手紙。

室内を見回し、手紙を仕舞いそうな場所を順々に開けていく。

「……あった」

その封筒の封蝋には国王の印璽(いんじ)が押されていた。間違いなくクワディワフからの手紙だ。読んでみれば、やはり今夜、ナーシャを部屋に呼びつけていた。

「くそ、あの色情魔め！」

吐き捨てたギュンターは荒々しく扉を閉めて王宮へと向かおうとした。が、間の悪い事に、部屋から出たところをナーシャの侍女エヴァに見られてしまった。

「ウランゲル少尉殿？」

「……ステファン伯爵夫人はご不在のようだがお出掛けか？」

咄嗟に取り繕ってみせるが、エヴァから見れば不審者以外の何者でもないだろう。

「お部屋に居ないのでしたらそうでしょうね」

訝しげな視線を向けてくるエヴァに、ヤケクソで尋ねる。

「貴女に行き場所を告げていなかったか？」

「いいえ、何も」

――言うわけがないな。誰にも言うなと手紙にあったし。

「ナーシャ様がどうかされたのですか？」

不安気に表情を曇らせるエヴァに、ギュンターは話を逸らすため、どうでもいい事を尋ねた。ランベルの秘密や国王の腹の中を侍女に知られるのはまずいと思ったからだ。

「貴女こそ、こんな夜更けにそんなにめかしこんで何処に行くのです？」

よく見れば、彼女は仕事着でないドレスを着て、貴重品が入っているであろう巾着まで持っていた。

「ふふ、誰にも言わないでくださいね。今夜やっと、念願のデートなのです。と言っても中庭でお話しするだけなんですけどね、シモン様と」

「シモン……」

シモンというと国王付き側仕えだ。気まぐれな国王の命令に対応するために、いつも夜遅くまで仕事をしていると聞く。

「彼はもう今日の仕事は終わっているのか」

「はい。珍しく、今夜は身の回りの世話はしなくていいと陛下に言われたみたいで」

「そうか」

その言葉で確信したギュンターは王宮へと急いだ。

いつもはあっという間の距離が、今夜はやけに遠く感じる。

全力疾走をし、王宮の門前に着いた時には息を切らして汗だくだった。

「急用だ、ここを開けろ」

「今夜は、どなたも通してはならないと陛下から命じられております」

既に閉ざされた門の向こう側から、門兵がギュンターに引き返せと言う。

たとえ部下であっても容赦する気はなかったが、こう遮断されては門兵たちと対面すらできない。

「少尉殿であっても、王太子殿下であっても通せば打ち首と言われております。どうかお許しを！」

「おい！」

思わず、携行していた銃を握ったものの、無茶はできないとその手を引っ込める。

「くそ！」

ギュンターの身長の二倍はあろうかと思われる高い門は道具なしでは登れそうもなかった。

――どこか王の間への隠し通路はないのか？　そしてそれを知っている者は……。

ギュンターは苛立ちでぶち切れそうなこめかみを押さえながら考えた。

そうだ。謀反など起こすつもりがない、無力で従順な王の側近。

――シモン、あいつなら……。

彼なら知っているかもしれない。ギュンターは急いで中庭に引き返した。


中庭に到着したギュンターは、薔薇園の近くでエヴァと談笑しているシモンを見つけるやいなや、その少女のような華奢な肩を思い切り摑んだ。

「王の間へ続く隠し通路を教えろ」

その凄みに、シモンの隣にいたエヴァが顔を引きつらせおののいた。

「……ウランゲル少尉殿、この前、ナーシャ様の部屋にいらしたのは貴方だったのですね？」

やや怯えながらも、シモンはナーシャに淫らな声を出させていた張本人を確かめようとする。しかし、ギュンターからすればどうでもいい事だ。

「言え。時間がない」

　手紙に指定されていた時間から一時間以上が経過していた。もしかしたら、彼女は既に国王の毒牙にかかっているかもしれない。焦りがギュンターに冷静さを失わせていた。鞘から剣を抜き、その刃先をシモンに向ける。

「やめて！　シモン様を傷つけないで！」

　エヴァがギュンターに飛びつき、隙を見て逃げたシモンが、茂みに隠れて大声で言った。

「本当に知らないのです！　王の間への隠し通路は王族しか知り得ません！　私は、確かに陛下の計画は存じていましたが、陛下の行動に間違いはありません。すべて善きことなのです！」

　頭だけを茂みに隠し、尻が突き出たその恰好には、普段の儚げな美少年の面影はなく滑稽なものだった。

「時間の無駄だったか」

　――近くにいるのに。どうしても貴女を見つけられない。

　滑稽なのは自分もだ。

　いくら国王の子であっても、自分の身分では彼女を国王の毒牙から守ることもできない。この国では自分はどうしても無力なのだと思い知った。

「物騒な声が聞こえていたが貴方だったか」

シモンたちが逃げていく後ろ姿を見送り剣を鞘に収めたところで、穏やかな声と共に細長い影が伸びてきた。

「殿下……」

付き人も伴わず一人で庭を歩いていたランベルだった。

「こんな時間に、何を？」

「何って礼拝堂に行っていただけだが」

ひどくのんびりとした口調に、ギュンターは苛立ちを覚える。

「一刻を争うという時に、懺悔でもしてきたのか？」

もはや敬う言葉遣いなど、ギュンターの中から消えていた。

ランベルは微笑んで答える。

「一体、何の話だ？　俺は、俺のために犠牲になる者がこれ以上増えないようにと祈ってきた」

しかし、倒れそうなほどおぼつかない足取りだ。

ランベルは、元から繊細なタイプだったが、最近はますますそれに拍車がかかっていた。望まない結婚、王家存続の重荷、自分のために処刑された罪のない者たち。

気持ちは理解できるが、同情する余裕はなかった。ギュンターは再び迫った。

「王の間へ繋がる隠し通路を教えろ」

殺気を帯びた声にも、ランベルは顔色を変えなかった。

「なぜ？」

月明かりに浮かぶ王子の姿は、ひどく儚く、闇に消えてしまいそうだった。

「ナーシャがあいつの部屋にいる」

「え？」

ランベルの声が動揺に揺れる。

「妾の子にも王位継承権を与える法を成立させようとしている。ナーシャにあいつの子を孕ませて、あんたの第一王子として産ませる気なのだろう」

狂ってやがる。

ギュンターの吐いた言葉を聞いても、ランベルは何も言わなかった。

「それでもいいのか？　ナーシャがあんな男に穢されても」

「……穢す？」

ランベルは漏らすように言うと、怒りと悲しみが混じったような震える声で続けた。

「もう、お前に穢されているじゃないか」

「！」

ギュンターはその言葉で、ランベルが自分とナーシャの関係を知っているのだと悟った。

「隠し通路はお前には教えたくない」

「何？」

――なぜだ。すぐに口を割ると思っていたのに。

なぜか強情なランベルに、ギュンターの苛立ちは最高潮に達した。

「じゃあ、あんたが助けに行け！　愛妾だろ!?」

ランベルに詰め寄ると、力いっぱい胸倉を摑んだ。これほど間近で腹違いの弟を見たのは初めてだった。

弟は弱々しく首を横に振って答える。

「俺が不能であると知ったから、陛下は国のためにその手段を選んだのだろう。俺には止められないし、止めなくても、彼女は怪我をするわけでも死ぬわけでもない。むしろお前が止めに入ったらきっと無駄に血が流れる。……それに、たとえ父の子だったとしても、ナーシャの産んだ子だ。俺の子として育ててくれるなら悪い気はしない。ナーシャはずっとここに留まる事になるだろうし。……はは、結果、誰も傷つかないじゃないか」

「……な」

壊れたように笑い、恐ろしい事を口にするランベルは、クワディワフよりも狂って見えた。

――傷つかない、だと？

怒りで震える唇を、ギュンターは一度噛みしめた。

「血が流れてなきゃ傷ついていないのか？　強姦は心の殺人じゃないのか？　好きでもない男にやられて、ナーシャが死を選ばないとでも思っているのか？」

〝死〟という響きに、ランベルの顔が引きつる。

「……まさか、そのくらいでは死なないだろ？」

「……〝そのくらい〟だと思う程度の愛情しかお前にはないんだ」

ギュンターは、摑んでいた服を乱暴に放した。

ランベルは、よろめきながら病んだ笑顔を突然崩す。

「ナーシャまでいなくなるのはイヤだ……」

子供のようなことを言い始めたかと思えば、急に跪き、神に祈り始めた。

虫も殺せない天使のような王子がブツブツと唱えている。一度も鞘から抜いていないだろう剣には赤いルビーの無駄な装飾が輝いていた。

「好きな女も守れないあんたの〝平和主義〟なんてくそくらえだ」

ギュンターが吐き捨てる。

すると、項垂れていたランベルは、ふっと顔を上げ、覚悟を決めた目でギュンター見た。

「……離宮の図書室に、王の間へ繋がる隠し扉がある。奥の棚がそうだ」

ランベルは、王族しか持っていないという小さな鍵を胸のペンダントトップから取り出すと、ギュンターに手渡した。その指先は少しだけ震えていた。

ギュンターは無言で一礼すると、王太子専用の離宮へと向かった。

＊　＊　＊

ナーシャは身体の違和感で目を覚ました。

瞼は開けているのに、目元が布で覆われていて視界は真っ暗だ。

衣類はすべて脱がされ、両腕を後ろにまわされた状態で縛られているのがわかる。

寝台の上で横向きに寝かされているようだ。足は拘束されていなかったが、身体が重怠くて動かない。

――どうして、こんな事に？

恐怖の中、途切れていた記憶を必死に辿ってみる。

――そうだわ。陛下のお部屋で、お酒を飲みながら話をしていて……。

そんなに飲んでいないのに、急に気分が悪くなった。今思うと、酒に何かを入れられていたのではないか。

不気味な静けさの中で、小さく高い羽音が耳元を掠めた。おそらく蚊だ。軽くよじると、身体に巻き付いたものが擦れて痛かった。かなりきつく縛られているようだ。

まるで公開処刑される前に、見せしめのために町中を歩かされる罪人のようだ。

――私は、何か陛下を侮辱するような事でも口走っただろうか？

恐怖で身体が震えてくる。脳裏には、自分を見つめる国王の緑色の瞳が思い浮かんだ。

クワディワフの目は以前と違い、慈悲深かった気がする。

――ランベル様の今のお身体の状態からすると妾は不要だという事、けれど、法を変えれば存在意義が大きく変わると、そういうお話をされた。

『そなたに私の子を産んでもらう。それを、ランベルの子として育てればよい』

だが、最終的に思い出した国王の目は、やはり欲望が滲んでいた。

「……すけて」

カラカラの喉から絞り出したナーシャの声は掠れていた。それでも必死に声を上げる。

「助けて！　どなたかいませんか？」

ようやく声量が戻ると、奥の方から、ギシッと音が聞こえた。何者かが椅子から立ち上がったようだ。鈍重な足音がゆっくりと自分の方へ近寄ってくる。

「ようやく起きたか」

それは、クワディワフの声だった。

「久しぶりに緊縛したせいで疲れた。こちらもついうたた寝してしまったぞ」

――陛下自ら私を縛った？

「……これは、何のおつもりですか？」

ナーシャは震える声で尋ねた。きつく縛られた腕は痺れてきていた。

「あらゆる女とあらゆる交接を重ねてきたら、普通のものではつまらなくなってな。そう恐れる事はない。はじめは嫌がっていた女も段々と味を覚えてくる」

「……解いてください」

クワディワフと関係を持つ事も嫌なのに、このような奴隷のような扱いを受けるなんて屈辱以外の何ものでもない。ナーシャは奥歯を噛んで、もう一度言った。

「私は、陛下と交わる気はありません、それは以前にもお伝えいたしました」

あの時怒りを買ったナーシャは、報復として夫の領地没収を言い渡され、それをランベルが救ってくれた。その際彼は、本意ではないエベラ国の公女との結婚を承諾させられたのだった。

——なのに私は、ランベル様以外の方に心も身体も開いてしまった。罰を受けても当然の身だわ。

あの時ランベルが救ってくれたことは本当に感謝をしている。今回、再びクワディワフを拒絶することは、ランベルの厚意を無にすることになるだろう。

けれど、すべてを失っても構わないと思った。

——あの時とは違う。今は誰よりもギュンター様を裏切りたくない。

「そなたの性格からしてそう言うだろうと思っていた。しかし、今の状況で回避できると思うのか？　この部屋には今夜は誰も入れない。叫んでも助けは来ないぞ」

「……」

——そんな……。せめて、腕が自由になったら……。

酒臭い息がナーシャの顔にかかった。視界が遮られ、何をされるかわからない恐怖がナーシャを支配する。

「震えておるな？　嫌なら泣くといい。女の泣き顔は好物だ」

クワディワフのザラザラした顔が頬に押し付けられ、鳥肌が立った。

「孕むまで自由は諦めろ。なに、私の命中率は高いからそんなに長くはかかるまい」

――いや！

絶望のどん底に突き落とされて、ナーシャの目からクワディワフの希望どおりに涙が溢れる。

クワディワフはそれを舐めとると、ナーシャの口腔を強引に犯し始める。ギュンターとの口づけの時に感じた官能は皆無で、ただただ気持ち悪く、口の中を芋虫が這っているようだった。ナーシャは必死に身体を動かして拒絶するが、うまく逃げられない。

「下敷きになった腕が使い物にならなくなっては面倒だ、ほら、起きろ」

いきなり、身体を抱き起こされて、頭がぐらぐらする。

「やっぱり、女は胸が大きい方が縄の食い込みが映えるな。この隆起が美しい……」

見えなくても、クワディワフが唾を飲んだのがわかった。

それから、ごつごつした両手で膨らみを鷲摑みにされ捏ね回される。

縄に擦られる痛みで、ナーシャの口から「ぅ……」と呻き声が漏れた。

「安心せよ。痛みも快楽に変わるように躾けてやるからな」

荒い息が乳頭に近づいたかと思うと、突然、かぷりと噛みつかれる。

「いっ……や……！」

痛みよりも恐怖で、ナーシャは短い悲鳴を上げた。

歯を立てたまま思い切り吸われて、そのうち噛みちぎられてしまうのではないかと打ち震える。

「……ぅっ……」

両胸の頂を同じように痛めつけた後、口を離したクワディワフが鼻で笑ったのがわかった。

「思い出した。これだけで失神した女がいたな……あれだ。死んだランベルの母親だ。つまらん女だった」

——ひどい……。

ナーシャは、クワディワフが未だ独り身で女遊びが酷いのは、亡き王妃を愛していたからこその反動なのではないかとどこかで思っていた。

だが、そんなことはまったくなかったのだ。世間知らずな自分に悲しみが募る。

「マルドナに苛められてもここに居座るそなたには素質があると思ったが、正解だったな」

今度は乱暴に脚を開かされ、その勢いでごろんと再び寝台に転がった。クワディワフの湿った息が秘部にかかり、見られているのがわかる。

「ほら。痛みしか与えてないのに、濡れているではないか」

屈辱でカッと身体が熱くなる。

——濡れるわけがないわ。

もし濡れているとしても生理現象だ。

次に何をされるかを気配で感じたナーシャは咄嗟に脚を閉じる。

しかし、見えない状況ではうまく抗うこともできず、すぐに痛みと異物感が押し寄せた。

「な、何を入れているんですか……？」

思わず悲鳴を上げる。冷たい感触は指や性器とは違う。

濡れていない事などお構いなしに、クワディワフはさらにそれを押し込みながら答えた。

「張形だ。これは初めてか？」

「いや、……お願いです、……抜いてください」

そんなもの、聞いた事も見た事もない。

痛みで溢れてくる涙が、目隠しの布をぐっしょりと濡らしていく。

「案ずるな、これはカタルシニア製の陶器でできている。割れることはない」

あまりの痛みに気を失いそうになった時、突如、視界が明るくなった。

目の前には既に何も身に着けていないクワディワフの姿があった。

「そら、見てみるがよい。惨めで淫靡で艶めかしい自分の姿を」

身体を起こされ、鏡の前に連れて行かれたナーシャは、あまりに屈辱的な光景に目を背けたくなった。けれどクワディワフの手がナーシャの顎を摑んでいてそれも叶わない。

縄の食い込んだ身体は、ハムのように肉が飛び出している。縄が擦れて薄桃色になった皮膚は痛々しい。脚の付根には、黒くて長い異物が差し込まれていて、傷ついたのか秘部から僅かに血が流れていた。

――死にたい。

こんな、人を虐げるような行為を妊娠するまで続けられたら、望まなくても死に至るような気がした。

「どうだ？　見るとさらに興奮するだろう？」

クワディワフの鼻孔が満足げに広がっていた。

「こんな事を……こんな事ばかり、女性にしてきたのですか？　誰も咎めたりはしなかったのですか？」

ナーシャが軽蔑の目で睨むと、いきなり頬を平手打ちされる。

その勢いで床に倒れ込み、ナーシャの中から異物が抜けた。

「女の分際で私に説教など、思い上がりも大概にしろ。どんなに美しい女でも、所詮下級貴族の娘、単なる雌だ」

乱暴に髪を摑まれ、無理やり身体を起こされたナーシャは、殺されるかもしれないと恐怖した。

「愚かな質問に答えてやろう」

クワディワフはナーシャを跪かせ、ぶたれて赤くなった顔を、自身の股間の前に持ってきた。

膨張し、グロテスクになったそれは、先ほど使われたシロモノの二倍はあろうかと思われた。目を背けようとしても、クワディワフの大きな手はそれを許さない。

「どんなにいたぶられても、虐げられても、女は権力の前に跪き、濡らしまくる。自ら欲しがるようになる」

――イヤ。

クワディワフの太い親指が、食いしばるナーシャの唇を割った。

「従順にしていれば、そなたの今後は思いのままだ。さぁ、口を開けよ」

押し付けられる圧に負け、ナーシャが目を閉じ、力を抜いたその時だった。

こんな場所で聞こえるはずのない銃声が、寝台近くの壁の方から聞こえてきた。

「何だ？　今のは」

クワディワフの手の力が緩み、ナーシャが瞼を上げると、寝台の隣の棚がぐらぐらと揺れて勢いよく倒れた。

小さな隠し扉が開けられ、そこから銃を持った手と黒髪が覗く。

「お前……」

現れた軍服姿の男を見て、クワディワフが一瞬、足を震わせた。

「ギュンター様……」

――来てくださった……。

ナーシャは、安堵のあまり床に腰を落としたが、すぐに羞恥が込み上げ蹲った。

「ナーシャから離れろ」

銃口を向けたまま、ギュンターがクワディワフを威嚇する。

贅を尽くしたシャンデリアの灯りが、憤りで歪んだ彼の顔を鮮明に映し出す。

「……なぜお前がこの隠し通路を知っている？」

全裸のまま短い息をして、クワディワフがゆっくりと後ずさりした。しかし、ギュンターの首に掛けられた小さな鍵を見て、急に怒りを露わにし始める。

「ランベルが教えたのか？　……奴が裏切ったのか!?」

それを無視し、一歩ずつ近寄ってきたギュンターは、縄で縛られたナーシャが脚の間から血を流しているのに気づくと、カッと目を見開いた。

弾の装填時間さえ惜しいのか、持っていた銃を床に落としてすぐに鞘から剣を抜く。

「……おい、まさか、私に刃を向ける気か？」

このように国王が声を震わすのは初めてだった。

「その汚いものを切り落としてやる」

ギュンターが、殺意の籠もった目でクワディワフを見据え、剣を構えると、ナーシャは思わず立ち上がり、その傍に駆け寄った。

「ギュンター様！　いけません！」

ハッとした彼の手元は狂い、剣先は急所を外したものの、クワディワフに苦痛の呻き声を上げさせる。赤い飛沫が壁と床を汚し、大きな図体がドッと倒れた。

「――っ」

「陛下！」

ナーシャが悲鳴を呑み込んだのと同時に、正規の入口から近衛兵たちが一斉に入ってくる。

ナーシャは、血に濡れたギュンターの横顔を見つめた。

ふと、彼がこちらに顔を向ける。その表情は放心状態に近かった。

ギュンターは、そのまま抵抗することなく、近衛兵たちに捕らえられた。

＊　＊　＊

王宮の地下には、昔、幽閉された妃の霊が出るという噂があった。

なんでも国王に姦通罪の濡れ衣を着せられ、王家を恨みながら亡くなったのだという。

その不気味な地下室にギュンターは閉じ込められていた。

牢獄のようなそこは息を止めたくなるほどカビ臭かった。心なしか戦地で嗅いだ死臭さえ感じる。

恐らく自分は処刑されるだろう。

覚悟は決めていたが、ナーシャの事だけが気がかりだった。

自分の捕縛を知り、憂慮し、悲観的になっているのではないか。

――消される前に、せめてもう一度ナーシャに会いたい。

だが、重い鉄の扉はぴくりとも動かない。

冷たい床にしゃがみ込んで、没収されなかった懐中時計の中の母を眺めた。

「あんたは、あんな非道な国王のどこが良かったんだ……」

ギュンターが呟いた時、ポチャンと、水たまりを鳴らす靴音が聞こえた。新たな見張りが来たのかと、鉄格子を見ると、そこには、クワディワフの顔があった。

「すっかり罪人面になったな」

低い声が地下に響く。

無精ひげを生やしたギュンターを氷のような目が見下ろした。

クワディワフの傷は、脂肪が邪魔をしたのか見た目より浅く、驚異の早さで回復したようだった。

「彼女はどうしている……？」

穢された苦しみから、自決などしていないか心配だった。

「人の心配をしている場合か。しかし、まさかお前とあの女がそういう仲だったとはな」

クワディワフは、小窓のへりに茶色い包みを置いていやな含み笑いを見せた。

それは、いつだったかギュンターがナーシャとの夜の楽しみに持っていた秘薬だった。

今回の事件で部屋を漁られたのだろう。

「お前は堅物だと思っていたが、こんな物を使って遊んでいたとは驚きだ」

「……」

ギュンターは何も言わなかった。自分はどう思われようと構わなかったからだ。

「法が変われば、お前も王家の人間になり、どこぞの公女との結婚もあり得たのに、あんな女にほだされおって。あれは清らかな顔をした悪女だな」

傷の痛みが多少あるのか、クワディワフの顔が忌々しく歪んだ。

ギュンターは、ナーシャを侮辱された怒りに拳をぐっと握ったまま、鉄格子に近づく。

「ナーシャの事はもう解放して欲しい。あの人はここに居るべき人ではない」

――こうなる前に、本当は俺が連れ出してやりたかった。

ギュンターが頭を下げて頼むと、クワディワフは少しだけ声を落として言った。

「なら、お前の子種でマルドナ妃を孕ませよ」

「は？」

ギュンターが顔を上げてクワディワフを見た。冗談を言っている目ではなかった。

「そうすれば、ナーシャが産まなくてよくなるだろう。従うならば、お前の処分は恩赦で無きものにする。あの女にも年金付きの自由を与えてやろう」

思いもよらない交換条件に言葉を失う。

――将来の王妃に不貞の子を産ませる気なのか？

「容易い事だろう。それこそ、この秘薬を使えばよい」

言いながら、クワディワフは茶色の包みをギュンターの目の前でちらつかせた。

「そんな事をマルドナ妃が受け入れるわけがない。それに殿下は……ランベルは、明らかに自分の子ではない子供を前にして、ずっと父親面をしなくてはいけないのか」

――ナーシャの子ならまだしも、あの腰抜けの王太子が、そんな虚偽に耐えられるはずがない。

だが、ギュンターの懸念を一掃するかのようにクワディワフが答えた。

「マルドナ妃はお前なら抱かれてもいいと言っていたぞ」

――何だって？

ギュンターは再び耳を疑った。

「ランベルも、大逆罪に加担した罪人だ。口出ししようものなら処刑も辞さない」

クワディワフが冷たく吐き捨てる。

「……」

まったくあり得ない話だが、この男なら、やりかねない。

――しかし、隠し通路を教えたくらいで正当な王位継承権を持つ息子をそんな目に遭わせるだろうか？　そもそも、いくらルトギニアのためとはいえ、俺はマルドナを抱けるのか？

答えは考えずとも出ていた。

「そんな女とするくらいなら、俺は公開処刑を選ぶ」

国民が不貞の子を真の国王と崇める虚偽の世界で、真実を隠しながらのうのうと生きていくことなどできない。

なによりナーシャを裏切りたくない。彼女以外の女など触れたくもない。

「馬鹿な男だ。ならば、お前にはレーン島へ行ってもらう」

呆れて去っていくクワディワフの足音に、いつもの力強さはなかった。

レーン島とは、ルトギニア最北端にある唯一の島で、常にビルト国からの侵略に脅かされており、今は激戦地と化していた。そこに派遣されるという事は、死を意味している。

――俺は生き抜いてやる。

あれほど鼻についていたカビの臭いはいつの間にか感じなくなっていた。

光など差し込まないのに、先ほどより随分と明るく見えた。

絶対王政の時代はいつか終わりがやってくる。血統のみで選ばれた国王が常に秀でているとは限らないからだ。

薄情なヴィレマニ家など途絶えてしまえばいい。ギュンターは心からそう思った。

＊　＊　＊

ギュンターが造反を起こした一件以来体調を崩し、自室で休んでいたナーシャは、外部から来た自分宛ての手紙を寝台の中で開いた。

差出人の名前と顔が一致するまで少し時間がかかった。

【ケアン・トゥーゴ】

王家の醜聞――特に性的な事情――を記事にする著名な伝記記者だ。ビアセラーで偶然会って、ギュンターとの仲を勘ぐり、侮蔑の言葉をぶつけてきた男。

　――あの時の恨みつらみ？　きっと、不快な内容に違いないわ。

　文字を見て、その達筆さと読みやすさから、教養のある人物だとナーシャは思った。

【ナーシャ・ステファン様　突然のお手紙失礼致します】

　数枚にわたって書かれていたのは、近頃、王宮で起こったことについてナーシャに聞きたいという取材の申し入れだった。

〝王宮で起こった事〟とは、ランベル王太子がエベラ国から一人で帰国してきた事、すなわち妃との不仲説。そして国王の息子であるギュンターが激戦地へ配属された事、王太子の遅すぎる士官学校入学などの不可解な決定の事で、それにナーシャが関わっているのではと、トゥーゴは疑っているのだ。

【もし違うのであれば、直接お会いして反論のお言葉を頂きたい】

　ナーシャは便箋を元の通りに畳み、封筒ごと鏡台の引き出しに入れた。

　――違ってなどいない。

　深い溜息が漏れる。

　気が弱く平和主義のランベルが、今更、厳しい軍事教育を受ける事になったのは、国王と王太子しか知らない秘密の通路をギュンターに教えた事への罰だ。

　国王に斬りつけた罰で激戦地に送り込まれたギュンターが戦死した場合に備えての入隊準備と捉えて間違いなかった。

歴代、国軍の指揮官は国王の血を引く者と決まっている。もし、ギュンターが戦死したらランベルがその役目につかなくてはならない。

——私のせいで、お二人は……。

特に、ギュンターの出征はナーシャを酷く落ち込ませていた。彼が捕らえられている間も、地下から出た後も、軍隊の見送りの時にも、彼とは顔を合わせる事もできなかった。

——もしも、あの方に何かあったらどうしよう。

そう思ったら、食事も喉を通らず、眠る事もできなくなっていた。音楽家として食べていくために試みていた作曲も、まったくしなくなった。

——どうか、ご無事でいてください。

ただ、神に、ギュンターの身の安全を祈る毎日が続いていた。

「ナーシャ様、ご気分はどうですか？」

引きこもりがちのナーシャを心配し、エヴァが茶を用意して部屋まで様子を窺いに来る。かれこれ十日ほど、外には出ていない。

「気分は優れないけれど、身体はなんともないわ。いつもありがとうエヴァ」

なんとか笑顔を作り、彼女が淹れてくれたお茶に口をつける。

「……これ、紅茶じゃないのね」

紅茶よりも薄い色のそれは、酸味と苦味が少しあり、薬っぽい味がした。

「珍しいハーブの葉を、新しくお見えになったお医者様に頂いたのです」

「お医者様？」

「ええ。薬草にお詳しいらしくて、貧血や食欲低下に効果のあるお茶なんかも教えて頂きました。とても素敵な方です。あ、私も飲んでからナーシャ様にお出ししていますからね」

エヴァが慌てて言うので、思わずナーシャは笑ってしまった。

「毒味なんて必要ないわ。……誰かに命を狙われるほど私に価値はないもの」

――そんな私のために、誰かが犠牲になるなんてあってはいけない。……いけない事なのに……。

またギュンターの事を考えてしまい、ナーシャの表情が曇る。

――今頃、離島で、どんな大変な思いをされているだろう？　ちゃんと食事など摂れているの？　怪我などされていないかしら？

「ナーシャ様、お外に行きましょう」

見かねたエヴァが、ナーシャの手を引いた。

「あまりに長時間だとシミができてしまいますけど、少しくらいは日光に当たった方が身体は元気になるはずです」

「私は元気よ？」

「いいえ。近頃のナーシャ様は不健康です。ルノーさんが言っていました。挿し木した薔薇の二番花が咲いたから、ナーシャ様にお見せしたいのに、まったく来てくださらないと。ね？　中庭へ行きましょう。とてもいい香りですよ」

半ば強引に連れ出されたナーシャは、久しぶりに直射日光を浴びたせいか、確かに身体の血流が良くなった気がした。

「先ほどのハーブティーも効果があったのかもしれないわ。足が軽くなった気がする」

エヴァを安心させたくて、庭園を軽やかに歩いてみせる。

だが、薔薇園に近づいたところで、ナーシャは会いたくない人物に遭遇した。

「あら、ステファン伯爵夫人、貴女まだここにいらしたの？」

事あるごとにナーシャを貶めようとするマルドナだ。

多くの侍女と取り巻きを引き連れて、庭でのティータイムを楽しんでいる際中だった。

返す言葉が見つからず、会釈だけをして通り過ぎようとする。

だが確かに、自分でも不可解に思っていた。

ギュンターとランベルが罰を受け、なぜ自分は何のお咎めもないのか。なぜ宮殿から追い出されないのか。

口に出さないだけで、王宮のほとんどの人間は、今回の騒動はナーシャをめぐって起こったのだと知っている。

「折角のお茶が不味くなったわ。場所を変えましょう」

マルドナだけではない。ギュンターに想いを寄せていた令嬢たちも、ナーシャに蔑みの目線を向けていた。

「私に権限があるなら、殿下たちではなく、あの女こそ処分するわ」

去り際に言い放ったマルドナの憎悪は、かつてないものだった。

クワディワフからギュンターと関係を持つよう持ち掛けられたマルドナは、嬉々として承諾した。それなのに、ランベルだけでなくギュンターからも拒絶され、自尊心を大いに傷つけられていた。

さらに、その事を知ったランベルには、益々距離を置かれるようになったのだ。マルドナは、自分がうまくいかないすべての原因はナーシャにあると思っていた。

「マルドナ様のお顔、鬼のようでしたね……」

エヴァが大袈裟に身震いしてみせる。

「仕方ないわ」

そもそも妾とは、忌み嫌われるものだ。それはもう覚悟している。けれど、自分のせいで罰せられた二人については納得できなかった。

自然と溜息を漏らして、ナーシャは濃く色づいた薔薇たちを眺めた。

開きすぎた大きな花弁が、湿った風に煽られて今にも落ちそうだった。

ギュンターが出征してから二週間、三週間と経つにつれ、ナーシャの不安も大きくなっていった。

国軍本部から宮廷に入る戦地の情報が、次第に戦死者の報告ばかりになってきたからだ。

そして彼が出征して二か月後、恐れていた知らせが届いた。

軍が壊滅状態に陥り、島から撤退しようとした生き残りの兵が、救助船に乗り込む際、ビルト兵に襲われて全員が死亡したというのだ。

「その中に、ギュンター……ウランゲル少尉殿もいたと思われます」

ナーシャの部屋を訪れて教えてくれたのは、ギュンターの同僚であるレオンだった。

彼はレーン島には配属されなかったものの、カタルシニア軍に共通の知り合いがいるらしく、海に上がった遺体や遺品の中から、ギュンターのものではないかと思われる物を預かったらしい。

「これです」

それは、ギュンターが肌身離さず持っていた懐中時計だった。僅かに磯(いそ)の香りがするそれは、だいぶ傷んでいたが中の肖像画は消えていなかった。

ナーシャは言葉を発することもできず、震える手でそれを確認した。

彼によく似たウランゲル伯爵夫人が泣いているように見える。

――これは、確かに、ギュンター様の物……。

動悸がして目の前が真っ暗になり、立っていられなくなった。

――本当に、あの人は亡くなってしまったの？

「大丈夫ですか？」

レオンが、ふらつくナーシャに手を貸し、椅子に座らせる。

「……どうして、これを私に？」

国王への反逆の真相を知っているのかもしれないけれど、身内でもない自分に真っ先に持ってくるなんて不自然だ。

レオンが、ナーシャの瞳を見つめて答えた。

「ギュンターがここを立つ前に、俺に頼んできたのです。自分が居ない間、ナーシャ様の身を守って欲しいと……」

ナーシャはハッと顔を上げた。

「俺なんかでおこがましいと思いつつも、自分は、ナーシャ様にも、同僚であったギュンターにも敬意を抱いていたから、それを受けました。……今のところ、何のお役にも立てていませんけど。……奴は、宮廷で味方の少ない貴女を、出征するまでずっと気にかけていました」

ナーシャは瞼を閉じてレオンの言葉を聞いた。なるべく冷静になろうとしたけれど、涙は溢れてきてしまう。

「居ない間って言うくらいだから、絶対に戻ってくるつもりだったのでしょう。俺も、奴の強さを知っているから、戦死の報告を受けても信じられなくて……」

それはナーシャも同じだ。

「……ギュンター様のご遺体は……？」

やっと振り絞って出した声は低かった。

レオンは首を横に振る。

「見つかっていません。どうせなら上がってこない方が幸せかもしれません。ビルト兵は残虐で、敵の亡骸にも猟奇的仕打ちをしますから。ギュンターは国王の息子として顔が知られていましたから尚更です」

この時ナーシャは、嫌でも父の遺体を思い出した。

両耳をそぎ落とされたうえ、衣類は剥ぎ取られて裸同然だった亡骸を——。

——もし、彼のそんな姿を見たら、私はおかしくなってしまう。

けれど、遺体を見ていないからこそ、まだギュンターの死が信じられなかった。

「……もう、陛下たちの耳にも入っているのですか？」

「ええ、恐らく。王宮内が既に慌ただしかったので。国葬にするか審議中のようです」

もう、王族は受け入れているのだ。そう思うと、苦しくて仕方ない。

自分が一因を作ったとはいえ、ギュンターを死に追いやったクワディワフが憎くてならなかった。悲しみよりも憎悪が胸から込み上げてきて言葉が詰まり、ナーシャは俯いた。

「俺は、一つだけ、気がかりな事があるのです」

続くレオンの言葉は、まるで耳に水でも入れられたみたいに、遠くから聞こえるようだった。

「ギュンターはここを出る前に、同盟国であるエベラ国にも援軍を要請していたようなのですが、その動きが見られなかったと聞きました……」

――もしかして、それは、私のせい？

マルドナの報復で援軍が出なかったのだとしたら……それとも、元々、エベラ国はルトギニアを裏切るつもりだった……？

更なる衝撃的な報告で、ナーシャはそれ以上考える事ができず、その場に倒れこんでしまったのだった。

「私の部屋になど居てよろしいのですか？」

久ぶりにランベルが自室を訪れて、ナーシャは戸惑っていた。

彼がエベラ国より帰国してからは、初めての事だったからだ。しかも、二人とも喪服である。

「俺にはもう、この部屋に入る資格はない？」

淡い緑色の瞳が、ナーシャを優しく見つめる。

「いいえ……」

――お互いの気持ちがどうであれ、私はランベル様の妾で、ここはランベル様に与えられたお部屋。

ナーシャは、エヴァに頼んで茶を二つ用意してもらった。

「士官学校の方はどうですか？　やはり大変ですか？」

悲しみに沈んでしまいそうな気持ちを奮い起こし、他愛もない話題を探す。

けれど、本当は何も話したくないし、誰にも会いたくはなかった。ギュンターの死と向き合うために、一人になりたかった。

「そうだね、これまでほとんど運動をしてこなかったから、訓練は地獄だよ。……ナーシャ、そんなに無理して俺の話なんてしなくていいよ。ゆっくり休みたいだろ？　きっと俺がいる間は、誰もこの部屋を訪れない。その間に眠るといい」

すべて見透かされている。

ナーシャは温かい茶を口に含んだ後、ランベルの厚意に甘えて、少し横になる事にした。

──ランベル様は相変わらずお優しい……。

目を閉じたナーシャは、先ほど終えた葬儀を思い出していた。

亡骸なきギュンターの葬儀は、先の王弟のものよりも大々的に執り行われた。

レーン島は守れなかったものの、国のために最期まで勇敢に戦った英雄として祀り上げられ、多くの者がその死を悼んでいた。しかしその参列者の中に、ギュンターの母親であるウランゲル伯爵夫人はいないようだった。

クワディワフをはじめ、王族の人間は誰一人として涙を見せず、それが余計にナーシャの胸を痛ませた。

その葬儀で、しばしば吐き気に襲われるナーシャを、士官学校を休んだランベルは気遣い、傍に寄り添ってくれた。

当然だが、それを見たマルドナからは憎しみの籠もった視線を向けられ、そんな自分たちをケアン・トゥーゴが遠くから眺めていた。

トゥーゴの何か言いたげな目と合ったが、ナーシャはそっと瞼を閉じて、その視線から逃げたのだった。

「この頃、顔色が悪いね」

寝台に横たわるナーシャの傍に腰を下ろし、ランベルは以前より荒れた手で、彼女のおでこや頬を撫でる。

「ギュンターが出征してからずっとだ……」

虚ろになっていくナーシャの目を見つめたまま、ランベルはそっと、彼女の唇に指先をのせた。

「こんな時だけどキスしていいかい？」

すべてがどうでもよくて、睡魔に襲われていたナーシャは、頷きも拒みもせずに、ゆっくりと睫毛を下ろした。

このところ泣きすぎて、結晶でもできたかのように硬くなった目元は、その動きだけでヒリヒリした。

すぐに柔らかい唇が重なった。それは決して官能的なものではなく、以前と同じような家族にするような口づけだった。

「涙の味がする……」

それだけで終わると思っていたのに、なぜかランベルはナーシャの喪服のボタンを外し始める。

「ランベル様……？」

ゆっくり休んでいていい、と言ったのに。

不可解な目でナーシャが見ても、ランベルはその手を止めなかった。

「俺は、あの人に似ているのかな？　泣いている君に欲情するなんて」

一瞬、ゾッとしたが、クワディワフの犯罪めいた加虐体質と、今のランベルの昂ぶりは明らかに質が違う。

——どうすれば……。

拒みたい、しかし彼の生殖機能が目覚め始めているのであれば、妾として少しは耐えなければいけない気がしてナーシャはぎゅっと目を閉じた。

自分のせいで彼に迷惑をかけてしまった後ろめたさもあったからだ。

ギシッと軋む音がしてランベルが寝台に上がったのがわかった。

黒いドレスの下から現れた白い膨らみにランベルの手が這う。

こわごわと、壊れ物を扱うように掌で揉み回し、先端を口に含んで吸い始めた。

しばらくの間そこで音を立てていた舌は、胸から脇、仕舞いには太腿から脚の付根まで舐め始める。

「ランベル様……、あの、やはり……」

ここまでの行為はランベルとはしたことがなく、正直、怖くなった。

「……君を感じさせたい。どこが感じるの？」

ランベルの声が乱れている。呼吸が荒くなっているのだとわかる。

——やはり、男性機能が目覚め始めている。

妾として、国民として喜ばしい事のはずなのに、ナーシャの中には嫌悪感が生まれていた。

股の間でもぞもぞと動く金色の頭。

必死に秘部を舐め続けるその音から、羞恥以外のものを感じ始めてしまい逃げたくなる。

——嫌。もう、触れないで、舐めないで。

「おやめください、私には、無理です……」

——あの人以外は、嫌。

必死に身体をよじっていると、行為が止まった。

いつの間にか頬を涙で濡らしていたナーシャを、起き上がったランベルが見下ろす。

薄暗くなった部屋に沈みかけた夕日が少しだけ射し込み、彼の悲壮感に満ちた表情を浮き上がらせた。

「……申し訳ありません……」

ナーシャは、涙を隠すように両手で目元を覆った。

——私にはもう、ランベル様の妾でいる資格はない。

「その謝り方は好きじゃない……」

ランベルは寝台から下りると、乱れた自身の服を整え、ナーシャを振り返る事なく入口に向かった。

「今まで、君を縛り付けてしまってごめん。こんな所は早く出て、帰ったほうがいい」

決して冷たい声ではなかった。だから余計にいたたまれなくなった。

既に亡き人が無性に恋しくなった。

それから、王宮の木々が黄金色になり、秋の気配が去り始めた頃、ランベルが周囲の反対を押し切って国軍へ入隊し、自ら戦地へ赴く事になった。まだ異母兄の喪が明けない内での決行だった。

王宮の者は皆、陰で、後継ぎ問題の重荷から逃げたかったのだろうと噂していたが、ナーシャは自分がそうさせてしまったのではないかと、一人気を揉んでいた。

一方、万が一の事を考えてか、クワディワフは各地にいる自身の庶子を認知するため、調査を進めていた。

しかし、あまりにも品格に欠けていたり、不健康そのものだったり、本当に自身の血を引いているのかも怪しい者が多く、王位継承権を与えるまでは至っていないという。

「ナーシャ様、今日も召し上がれないのですか？」

食器を下げに来た給仕係が、ほとんど減っていない料理を見て心配そうに眉を下げた。

「ええ、ごめんなさい。喉を通らなくて……」

近頃、ナーシャは食事もままならないほど体調を崩していた。吐き気や眩暈が酷くて、動き回るのも辛く、一日の大半は横になっていた。

『こんな所は早く出て、帰ったほうがいい』

――折角、ランベル様がああ言ってくださったのに。

しかし、この身体では、恐らく長旅には耐えられないだろう。

ここでの自分の存在意義を見出せなくなっていたナーシャは、王宮から離れたいという気持ちが日々強まっていった。

そんな中、ナーシャは新しく王宮に来た薬草に詳しいという侍医の診察を受ける事になった。心配したエヴァが相談したのだ。

そのカガンという医者は、王族からの信頼も厚いのだという。背が高く細身で、まだ若い。エヴァが素敵だと言っていたが、それもわかる気がした。

「あのお茶、ちゃんと飲んでおいでですか？」

あの苦いハーブティーをエヴァに渡したのがこの医者だった。

「……時々は」

ナーシャが力なく答えると、カガンは眉を寄せ、少し厳しめに伝えた。

「毎日お飲みください」

「砂糖を多めに入れても、ちょっと癖があるのが気になって……」

あれを飲むと余計に吐き気が強まる気がするのだ。

「さようですか。夜はちゃんと眠れていますか？」

「いいえ……」

亡くなったギュンターや、志願して戦地に行ったランベルの事を思い、寝付けない日々が続いていた。

あれほど、力をつけて自立したいと思っていたのに、愛する人を失った途端、その望みも薄れて、こんなに弱くなってしまった。

「では、安定剤として、効果の高いカモミールティーを代わりに飲んでみてください。これはご病気の方だけでなく、皆さんにも勧めております。紅茶や珈琲よりもずっと体に良いものです。睡眠不足が解消すれば貧血も改善しますよ」

頷くナーシャに向かってカガンはさらに続けた。

「これを飲んでも回復しない時は、もっと強めの薬もありますから、遠慮なくおっしゃってください」

「ありがとうございます……」

微笑むカガンを見て誰かに似ていると思ったが、どうにも思い出せなかった。

最近、まったくヴィオラに触れていない。

楽器を弾く事は脳の活性化にも繋がり、心が健やかになると亡き父がよく言っていた。

――少しは、気持ちが安定するだろうか？

カモミールティーを飲んで眠れる夜もあったが、相変わらず吐き気や食欲不振は続いていた。医師のカガンの診察を受けてから数日が経っていた。

ナーシャは、窓を閉めた後、すっかり部屋の飾りと化していたヴィオラを手に取り、久しぶりに奏でてみた。音楽を嗜むのはまだ不謹慎だと言われるかもしれないが、それでも構わなかった。

【ヴィオラ独奏のパートを持つ協奏曲　神々の讃歌】

――ギュンター様のお母様の曲。

彼と親しくなるきっかけとなった曲だ。

弾いているうちに、ギュンターとの思い出が蘇る。

――この曲に誘われるように私のもとへ来て、神話を話すようせがんだギュンター様……子供みたいで可愛らしかった。

あの時、冷たかった彼の印象が、親しみやすく頼もしいものに変わった。

――今まで親にさえ相談した事がなかった夫婦関係の悩みまで、なぜかあの時ギュンター様に打ち明けてしまった。

けれど、あの人から好奇の目で見られることはなかったし、秘密を他言されることもなかった。

信頼できる男性だった。

――そうだ。初めてお会いした舞踏会で、私、マズルカの誘いをお断りしたのだった。

今思うと、あんな潔癖な男性が自分のような既婚者をダンスに誘ったのは不思議でしょうがない。

――あの時の気持ちをお聞きしたかった。ううん、一度でいいからギュンター様と踊ってみたかった。

ギュンターとマズルカを踊る自分を想像すると、演奏は自然とヴィブラートを効かせた情熱的なものになる。

暑気あたりで倒れて、水を口移しで飲ませてくれたあの時から、彼を異性として強く意識するようになった。

――あれより深い口づけも数えきれないくらいしたのに、あの時の感触をまだ覚えている。

貴族でありながら華美なものを嫌い、女性にも慣れた様子ではなかったのに、香水を贈ってくれた。

――あの方が香水を選ぶ様子を見たかった。その時は、きっと私の事を考えてくれていたはずだから。

馬車での行為も、もし、あの時受け入れていたら、彼が歯止めを利かせなかったら、一体どうなっていただろうかと思う。

――一夜だけの関係で終わっていただろうか？　それとも、何も変わりはなかっただろうか？　あんなに深く愛し合う仲になっていただろうか？

今となってはわからない。

けれど、彼が身体だけを求めていたわけではない事はわかる。性交の時も、その合間も、終わった後も、していない時も、自分を見つめる瞳はまっすぐで熱かった。

思い出せばきりがない。

けれど、思い出だけでは満たされない。

満たされていたものが、嫌でも減っていく。

声も、匂いも、温もりも、いつか忘れてしまうのかと思うと苦しい。

今でも、心と身体は、彼だけを求めて悲鳴を上げている。

音が急速に乱れてしまい、もうやめようとナーシャがヴィオラを置いた時だった。

「ナーシャ」

自分を呼ぶ声に気づく。

しかしそれは、歓迎できない声だった。

「入るぞ」

内鍵を掛けていなかった事を後悔する相手だ。ナーシャは思わず後ずさりする。

「……陛下」

クワディワフだった。

――陛下自ら、一人でこんな離宮を訪れるなんて。

「……どうなさったのですか？」

――あんな事があったのに、どうして……。

縄で拘束されたり、異物を入れられたり、何より、大事な人を死に追いやられ、ナーシャはクワディワフには恐怖と憎しみしか抱いていなかった。顔も見たくなかったのに。

「そなたが最近、床に臥していると聞いてな。良い薬を持って来たのだ」

今夜のクワディワフは、ナーシャを哀れむような表情を見せ、国王であるにもかかわらず、菓子などの手土産まで持参して来ている。

――一体、どんな意図が……。

けれど自分には迎え入れることしかできない。

何とか、平静を装い――装いきれていなかったかもしれないが――追い返す事はしなかった。どんなに嫌でもここは国王の宮殿だからだ。

「だが、だいぶ良くなったようだな。部屋から漏れ聴こえた演奏は、実に素晴らしかった」

「夜分に、……こんな時に弾いてしまって申し訳ありません」

この男に褒められても、ちっとも嬉しくない。思えばずっと騙されてきた。

「音楽はどんな時であっても必要だ。特に私は、それを無限大に好いておる。だからこそ、そなたの才能を伸ばしてやりたいのだよ」

「……」

　――私程度の演奏家はいくらでも代わりはいる、そうおっしゃったのに。

　訪問の意図がわからず不信感を隠せない。だが、勝手に椅子に腰かけ、持参してきた甘い菓子を摘まむクワディワフに、ナーシャは仕方なく茶を用意した。例のカモミールティーだ。

「すまんな、使用人でもないのに」

「……いいえ」

「そなたも食べよ、エベラ国の名菓、蜂蜜とベリーのクレープだ」

「ありがとうございます。けれど、本当に食欲がありませんので……」

　柔らかそうで見るからに美味しそうな菓子だったが、前回の事もあり断った。

　無礼に当たるだとかそういう事はもう考えもしないほど、クワディワフには敬意のかけらも抱いていなかった。

「しかし、なんだこの茶は。苦くて渋いな」

　顔をしかめるクワディワフを前に、ナーシャも茶だけは飲んだ。

「医師に頂いたお茶で、身体に良いものらしいです」

「どの医者かは知らんが、茶ごときで身体はよくならん」

「カガン様という新しい侍医です」

「ふん、こんな茶より、もっと効く薬を持って来たから、こちらを試してみるとよい」

　鼻を鳴らしたクワディワフがテーブルに茶色い油紙に包まれた薬を置いた。

「これは……」

ナーシャはそれに見覚えがあった。ハッキリと思い出した途端、嫌悪感を抱く。

――どんなに気遣う素振りを見せても、やはり、この人の目的は性交しかないのだわ。

なぜナーシャに罰もなく王宮に留めているのかと思ったが、成し遂げていなかったからこそだったのかもしれない。

「これは、私には必要ありません。体調が優れませんので今夜はもうお引き取り願えますか？」

演奏している時は少しだけ気分が良くなっていたが、クワディワフを前にすると再び頭痛と吐き気がしてきた。怖さよりも憤りの方が大きかった。

「何という言い草だ！　私を何だと思っておる！」

クワディワフは、険しい顔をしてナーシャを見た。

もう宮廷にも、これからの生にも未練がないナーシャは、恐れずに答えた。

「ご子息が亡くなったばかりだというのに、このような薬を女に勧め、手籠めにしようとする陛下こそ、人を何だと思っておられるのです？」

「貴様……」

微かに唇の端を震わせたクワディワフは、目の前のティカップをテーブルから叩き落とし、食べかけの菓子をナーシャに投げつけた。

冷たい侮辱と共に、甘酸っぱい匂いがナーシャの顔にかかる。

それでも気が治まらない様子のクワディワフは、ナーシャの髪を乱暴に摑み、体ごと床に引き倒した。

命の危険を感じるほどの圧だったが、ナーシャは悲鳴を上げなかった。

「売女め。少しばかり美人だからといって図に乗り過ぎだ」

倒された際に頭をぶつけ、もがくナーシャにクワディワフの巨体がのしかかり、卑劣な音と共にドレスの胸元が引き裂かれた。

「……く」

だがそこで、クワディワフの動きがぴたりと止まる。彼は、自身の胸を押さえて顔を歪ませた。

「……くそっ、間の悪い……」

クワディワフはナーシャに跨がったまま蹲る。息も絶え絶えに肩で呼吸をしているようだった。

「……ランベルといい、ギュンターといい、お前と関わった者は運命を狂わされる……お前に触れた途端、私の心臓まで悪くなった……お前は呪われた女かもしれん。……気味の悪い女だ」

ナーシャを見下ろしたまま、クワディワフは、ふと何か思いついたように口の端をにやりと持ち上げた。自身の思い付きに興奮を覚えたように続ける。

「貴様には王家の血は一滴も残してやらん。山奥の修道院に一生幽閉してやる」

た。


〝幽閉〟という言葉がナーシャに重くのしかかった。

身体の拘束こそないが、外出もできない、不自由で暗い生活を容易に思い描く事ができた。

国王の決断に対し、ナーシャが何も返さなかったのは、怒りよりも諦めの気持ちが強かったからだ。

見上げたナーシャの視線の先に、窓に貼りついたコウモリがいた。いつだったかギュンターが追い払ってくれたのに、また舞い戻ってきたようだ。

目を閉じたナーシャの耳に、低い声が冷たく響く。

「私の寵愛を一度ならず三度も拒んだお前には、それ以外の人生はない。呪われた女には似合いの終の住処だろう」

クワディワフの言う通り、自分は周りを不幸にしてしまう人間なのかもしれない。

愛する人を失ったナーシャには、無慈悲なさだめに抗う力も残っていなかった。

第六章　誓いのキスと旅立ち

ギュンターの葬儀が終わっておよそ二か月が過ぎた頃、王宮には招かれざる客が出入りするようになった。

「国王陛下が寝たきりになっているらしい」

クワディワフが原因不明の病に罹ったのは、戦死したギュンターの呪いのせいだとか、国王が教会をないがしろにしているからだとか、様々な噂が囁かれ、聖職者が謁見を求めてきた。

それだけではなかった。

ビルト国との戦争を終わらせることのできない王族に対して不満が高まり、反王政派の勢いが強まってきていた。

「せめて、王太子殿下がしっかりされていれば」

王族や貴族は、明日の我が身を案じ、戦地にいるランベルの帰還を願っていたが、彼が王宮に戻ることはなかった。新しい法も制定間近となり、マルドナとの離婚も噂されるようになる。

クワディワフが生きている以上、命令は絶対だ。ナーシャは辺境にあるベルマージー修道院へ送られる事になり、朝から身の回りの整理をしていた。

「本当に行かれるのですか?」

エヴァが心配そうに声をかける。

「ええ。もう私には、そこ以外に行くところはないもの」

修道院は、この先一生そこから出られないとしても面会は自由だし、宗教音楽など楽器に触れられる機会はある。ここに居るよりずっといい。

傍で尽くしてくれたエヴァについては、ステファン家と親交の深いラジヴィウ侯爵夫人が引き受けてくれる事になっていた。

「ではせめて、お身体が良くなってから移動されてはいかかですか?」

「もしかしたら、王宮を出た方が元気になるかもしれないから」

「しかし、ベルマージー修道院は遠いですよ? 衰弱しきった身体には堪えます。それにここには複数の医師がいますが、院にはおりません。ぜひ出発を延期されてください」

涙ぐむエヴァの訴えはナーシャの決意を揺るがしそうになった。しかし、監視付きでの移動だ。予定は変えられない。

「私の事より、貴女は大丈夫なの? シモンとは会えなくなってしまうけれど」

二人が恋仲になっているのはナーシャも知っていた。

「大丈夫です。生きていれば会えますから。離れて終わってしまう関係なら、それは仕方のないことです」

「そうね……」

エヴァの気丈な返しは、ナーシャを複雑な気持ちにさせた。

二人の淡い恋にヒビを入れてしまう自分を不甲斐なく思うし、想い人が存命である彼女が羨ましくもある。

「それにしても、カガン医師の腕はいまいちですね。ナーシャ様のご病気は、ちっとも良くならないですし、陛下のお具合にも効果は出ていないですよね」

はじめは彼を絶賛していたエヴァが軽く首を傾げて言う。ナーシャもそう感じていた。

「……そうね。お薬を常用し過ぎたのかもしれないわね」

先ほど、王宮を出た方が元気になるかもしれないと言ったのは、最近その考えに行きついたからだった。薬なんて効果があるのははじめだけで、後は毒にさえなり得る。

それに先日、ギュンターの同僚だったレオンから、カガン医師について少し気になる話を聞いたばかりだった。だから昨日から、カモミールティーも、それより強い薬も飲んでいない。

「ナーシャ様、お食事の時間になりましたが、お持ちしてよろしいですか？」

給仕係が正餐(せいさん)の準備ができたと知らせてきた。

食欲はないものの、ここでの最後の正餐となるため、食べる事にした。

修道院に入れば、食事は大きく変わる。主にパンと飲み物、肉類は週に一度といったものだ。催淫作用があると信じられている香辛料は、決して料理には使用しない。

——噛みしめて食べよう。

ナーシャは食卓に着き、手を泉水で洗った。

仔牛のパテやソーセージ類は吐き気から食べられなかったが、スープや花梨の実のサラダは喉を通った。それでもうお腹が膨れた。

「ステファン伯爵夫人、このケーキは調理人のお勧めですよ。ぜひ、召し上がってください」

デザートを残したナーシャに声をかけたのは、最近仕え始めた給仕係だった。

ここへ来てから、慣れ親しんだ使用人や付き人は、「ステファン伯爵夫人」ではなく「ナーシャ」と呼ぶ。ナーシャもそれを望んだからだ。

——ステファン伯爵夫人、か。

既に違和感しかない呼称だ。

——宮殿を追放される私を、あの人はどう思うだろうか？

この件を知らせても、夫からは当然のように返事はなかった。

——王への反逆に近いことをした妻など、いっそのこと離婚を言い渡した方がいいだろうに。

きっと、そんな女でも見放さない寛大な夫だという印象を世間に抱かせたいのだろう。

ぼんやりと考え事をするナーシャに、その給仕係は再びデザートを勧めてくる。

「ステファン伯爵夫人、中に無花果が入っていて美味ですから、ぜひ」

「無花果……」

好物の果物だった。

ギュンターと一緒に食事した時も、デザートに無花果のケーキが出てきたのを思い出す。

あの時の料理の味さえも、もう忘れてしまっている。

あんなに美味しく感じたのに。

あんなに楽しく過ごしたのに。

——どんな小さなことも忘れたくないのに……。

思い出を噛み締めるように、ケーキを摘まもうとしたその時、

「食べるな！」

誰かが入口で叫んだ。

ナーシャはぴくりと手を止める。聞き覚えのある声の方へゆっくりと顔を向けた。

——まさか……。

髪が伸び、髭も生えていて顔がよく見えなかったし、軍服ではなかったので、一瞬、別人かと思った。けれど……。

「ナーシャ、それを捨てろ！」

自分を呼ぶ声は、やはりギュンターの声だった。

「ギュンター……様」

――生きて、いらした……。

感動の再会のはずが、肝心のギュンターは血相を変えて、隙を見て部屋を出ようとする給仕係の腕を取った。

〈いや！　放して！〉

嫌がるその言葉は、ルトギニア語ではなかった。

「レオン！　調理室にいる連中、すべて押さえておけ！」

ギュンターが、廊下にいるらしいレオンに向かって指示をしている。一体、何が起こったのかわからないまま、ナーシャはケーキを置いて泉水で手を洗った。

「おい！　何をっ!?」

その間に、捕らえていた給仕係が仕込んでいた毒を飲んだらしく、ギュンターの腕の中で吐血して崩れていく。

「きゃあぁぁぁ」

騒動を聞きつけたエヴァや他の侍女たちが悲鳴を上げる中、ナーシャはようやく事の次第を悟った。

料理に、毒が盛られていたのだと――。

それを、ギュンターが察知して止めに来たのだ。

喜びと恐怖で、震えて立っていられなくなったナーシャを、ギュンターが咄嗟に支えた。

懐かしい逞しさだった。

「ギュンター様……」

伸びた前髪から覗く、変わらないまっすぐな目。

痛いほどに抱き締めてくる腕の温もり。

「間に合って良かった」

――私は、彼のことを忘れてなどいなかった。


近衛兵たちに捕らえられ地下に連れて行かれたのは、マルドナとその侍女数人、そしてカガン医師だった。

「放して！　私は何もしてない！　何処に連れて行く気!?　いやっ！　ランベル様と一緒になるために改宗までしたのよ！」

一人暴れるマルドナの高い声が回廊に響く。

「あなたが栽培していた茶葉によく似た薬草は、我が国では育てる事も使用する事も禁じられている。それだけで捕らえるのに十分な罪だ」

レオンが動じる事なく対処している。

その様子を遠巻きに見ていたナーシャは、この時やっと、カガンはマルドナの顔に似ているのだと気がついた。

裏切り者の引き渡しと収監を終え、ナーシャのもとへ戻ってきたギュンターが、今回の経緯を話してくれた。

結局、修道院には向かわず久しぶりに部屋で二人きり、並んで寝台に腰を下ろす。

「カガンは、マルドナが二度目の入国の際に連れてきた侍医で、二人は親戚だった」

「やはりそうでしたか……実は、レオンさんが昨日、お二人がこっそりと菜園で何かを収穫していたのを目撃していて、その時エベラ語で閑話をしていたと私に教えてくれました。その時の雰囲気が怪しかった、と」

だから、カガン医師の勧めてきた茶や薬を怖くて飲めなくなったのだ。

薬の残りを証拠品として提出する事になり、ナーシャはギュンターに手渡した。

「ランベルとの公務で母国のエベラへ戻った時には、既にこの計画を立てていたらしい」

ギュンターが忌々しい目をして、その茶葉を見つめた。

「計画って、……私を殺す？」

――嫌われているとは思っていたが、まさか殺害まで考えていたとは。

恐怖からか心臓がどきどきと強く脈打つ。

「貴女に対しては、マルドナの個人的な感情のみで動いていたようだ。だが、帰国した際に、同盟関係を翻し、我が国の敵であるビルト国に寝返ると決めた、ということらしい」

「では、陛下の病も、やはりカガン医師が毒を？」

「そのようだ。まず調子が悪いと感じる程度の毒を食い物に入れ、マルドナが手渡す。それを食べて吐き気が止まらなくなった頃、治療と称して、カガンが茶や薬に強い毒を混ぜるといった具合だ」

ナーシャは、クワディワフがエベラ国の名菓を食べて胸を押さえていたのを思い出した。

「国王さえいなくなれば、ルトギニアは終わると踏んだらしい。王太子は頼りなく、王の弟は死んだし、王家は途絶えるだろうと。そうなればビルト国のスパイに成り下がった貴族どもを扇動し、戦争をせずとも侵略できると」

「ギュンター様はその計画にいつ気がつかれたのですか？　……そして、今までどこにいらしたのですか？」

ナーシャが一番聞きたかった事だ。

戦死の知らせから、およそ二か月近くが経った。生きていたのなら、どうして帰ってこなかったのか、せめて知らせて欲しかった。

——永遠に戻ってこないと思って、毎日、とても辛かった。

涙ぐむナーシャを抱き寄せ、ギュンターが当時を振り返る。

「戦地からの撤退中、カタルシニア軍の船を見た時、これで助かるとそう思った。島を敵国に奪われる無念さより、また貴女に会える喜びの方が強かった。軍人としては失格だな」

少しだけ痩せた腕の中で、ナーシャは首を横に振る。

軍人だって人間だ。戦地で散った命を崇められるより、生還できた事を誇りに思って欲しい。それにこの人は最後まで戦い、部下を見捨てて帰ってきたわけではないのだ。

想いが言葉にならないまま、ギュンターの話の続きを聞く。

「だが、船に乗り込む直前、敵兵に襲撃された。その時生き残っていた味方の兵すべてがやられた」

　ここまではレオンからの情報と同じだ。顔を上げると、ギュンターのシャツの下に、うっすらと包帯が透けて見えた。

「胸を撃たれたのですか？」

「あぁ。二発。肩と、心臓すれすれ、弾は貫通して、そのまま海に落ちた」

　海の中では、まだ意識があったのだという。

〝上がったらまた撃たれる。死んで浮いても、きっと体を切り刻まれて王宮に送り付けられる〟

　そう思い、必死で潜水しながら島から離れた、と。

　二発も撃たれて泳ぐなんて、凄い生命力だとナーシャは思った。

「それで、どこに泳ぎ着いたのですか？」

「途中、意識がなくなって目が覚めた時は、漁民の家に寝かされていた。カタルシニアとの国境付近に流れついて救助されたんだ」

「お怪我は？　もう治ったのですか？」

　ナーシャはそっとギュンターの胸に触れた。

「傷口は塞がった。半月は高熱にうなされて動けなかった。もう少しその状態が続いていたら危なかったらしい。近頃、ようやくまともに歩けるようになったばかりだ」

「そうだったのですね……」

——良かった。この方が運も生命力も強くて……。

恐る恐る、頬を硬い胸にくっつけてみる。力強い鼓動が聞こえた。

「まだ熱にうかされて生死を彷徨っている時に、あいつが現れた」

ギュンターの声が、少しだけ弾んだ。

「あいつ、とはどなたですか？」

「ランベルだ。まだ士官学校も卒業してないくせに戦場に出たんだな。無謀な男だ」

——ランベル様が……。知らなかった。

奇跡的な二人の巡り合わせに、ナーシャは心で神に感謝する。

「しかしそれで助かった。奴は、危篤のルトギニア兵がいると聞いて、その家にやって来たんだ。そして、俺を安全な所へ移動させた」

「それはどちらだったのですか？」

「俺の母親の家だ」

修道院か医者のところだと思ったが、意外な場所に、ナーシャは目を見開いた。

「お会いできたんですね」

その報告は、まるで自分の事のように嬉しかった。

『俺の帰る場所などない』

そう言った時の、ギュンターの寂しそうな顔を覚えていたからだ。

「相変わらず、定住は好まないらしく、一人、僻地で作曲活動をしていた。今の住まいを、たまたま近辺に遠征に来ていたランベルが知ったらしい。運ばれた俺は、そこでようやくまともな手当てを受けられた」

きっとその間、母との関係は良好だったのだろう。

穏やかに口角を上げて話すギュンターの顔を見て、ナーシャはそう思った。

「では、今回のエベラ国の裏切りは、どこで情報を得たのですか？」

しかしその質問には、少しだけギュンターが顔を曇らせた。

「カタルシニアの情報機関の人間から聞いた」

「情報機関……？　もしかして、そちらの方がギュンター様の居所も突き止められたのですか？」

「情報機関の大半は軍人で構成されている。従属国であるルトギニアの捕虜や戦地での生き残りの兵の捜索もしていて、俺の事は母親を通して知ったらしい。そして色々情報を流してくれた」

「ギュンター様のお母様とその情報機関の軍人の方はお知り合いだったのですか？」

ナーシャが首を傾けて尋ねると、「新しい男だ」と、ギュンターが低い声で言った。

「え？　男って……お母様の恋人？」

「あぁ。よく家に来るらしい」

「そ、そうなのですか……」

ウランゲル伯爵夫人は、決して若くはない。けれど、何歳になっても恋をしている。子供としては複雑だろう。そもそも、夫人はもう離婚したのだろうか？

自身の境遇と重ねてしまい言葉詰まらせるナーシャに、ギュンターはからかうような表情を見せた。

「芸術家というのは、創作に常に恋愛が必要になるらしいな。貴女も俺が居ない間に、誰か代わりを見つけたか？」

度がすぎる冗談に、普段怒る事のないナーシャも不快感を隠さなかった。

「ヒドイです、そんな言い方！　私はずっと、ギュンター様の事を思っていたのに……」

――妾でありながら、ランベル様の求めにも応じなかったし、陛下の怒りを買ってでも拒んだのに、まだそんな目で私を見ているの？

泣いているのか怒っているのかわからない顔で反論すると、ギュンターが噴き出した。

「そんなにムキになるなよ」

武骨な手が、ナーシャの頬を包む。

「貴女が、俺の母親と違うのはわかっている。それに、既に貴女が他の恋をしてしまっていたとしても、それでも構わなかった」

「……え」

「貴女が無事でいるならそれで良くて、奪い返せる自信もあった」

ギュンターのまっすぐな目が、涙の溢れそうなナーシャの目を射貫く。

「俺には貴女だけだから、貴女が死んだら終わりだ。国王の毒殺も、俺からしたらどうでも良くて、ただ、貴女だけが心配でバーソビア王宮を目指した」

言い切ったギュンターが、一瞬、唇を重ねてきた。

挨拶よりも短いキスだった。髭がチクッとした。

「今すぐ貴女を抱きたいが、ちょっと無理のようだ」

ナーシャの口元から、自身の胸部に視線を移して、途端に顔を歪める。

「ギュンター様？」

胸を押さえる彼の手には、僅かだが血がついていた。

「大丈夫ですか!?」

「く、そ。海を泳いで来たら傷口が開いた……」

「え!?」

「冗談だ……」

痛むくせにつまらない冗談を言うギュンターを寝台に寝かせる。

「お医者さまを呼んできます」

「いい、宮廷医師なんて藪医者ばかりだ。それよりまだレオンの方がいい。あいつは銃撃にあった兵の手当てもできる」

ギュンターが頑なに診察を拒むので、ナーシャはレオンを探し出して部屋に連れてきた。

しかし、戻った時にはギュンターは目を閉じて動かなかったので、ナーシャはまさか、と息を呑む。

「ギュンター様!? しっかり！」

すかさずレオンが呼吸と脈を確かめる。

「大丈夫です。爆睡しているだけです」

レオンが微笑み、ナーシャを安堵させる。

「傷口の処置をします。見ておきますか？」

ギュンターのシャツを手際よく脱がしながら、レオンがこちらを見た。

「ええ」

もしこれからしばらく治療が続くとしたら、自分も知っておいた方がいい。

頷いたナーシャは、今後自分がギュンターの世話をするつもりで、弾痕の手当ての仕方を習った。

——許されるなら、ずっと傍にいたい。せめて、傷が完治するまでは。

「ギュンター様が生きていらした事、もう陛下はご存知なのですか？」

「はい。マルドナの収監が終わってすぐに国王のもとへ報告に行ったようです」

「……それで？」

「あまりの驚きに、心臓発作を起こされたようです。それから昏睡状態に陥ったと聞きました」

「それは……一大事ですね」

クワディワフには同情のかけらもないが、国王の崩御は国の存命にかかわる。ナーシャが困惑の色を見せても、レオンは平然として言った。

「身も心もお強くなったランベル様がお戻りになるから大丈夫ですよ」

「……そうなのですか」

「それにしても起きないな」

レオンがギュンターの寝顔に、ツンと悪戯をする。

「まぁ、仕方ないか。こいつ、国境からここに来るまでの間、一睡もしてなかったらしいので」

「え」

「貴女にも毒殺の危険があると聞いて、居ても立ってもいられなかったんでしょう。絶対安静だと言われているのに、構わず駆けつけてきたんです。途中、あのきったないオール川も泳いできたと聞きました。よくもまぁ、感染症にならずに済んだものです」

――泳いだのは、冗談じゃなかったのね。

「……本当に、ギュンター様はお強いのですね」

感嘆の声を漏らしたナーシャへ、レオンが首を横に振って言った。

「貴女への執念がそうさせたんです、きっと」

レオンが部屋を出ていった頃には陽は落ち、部屋に蝋燭の火が灯された。

その晩から熱がぶり返したギュンターを、ナーシャは付きっきりで看病していた。身体中の汗を拭いたり、シャツや包帯を替えたりしながら、傷が少しでも早く塞がるように手当てをする。

修道院行きは、戻ってきたランベルの権限で取り下げられ、ナーシャは王宮に留まる事になった。一時、危篤だったクワディワフも一命を取りとめた。

マルドナたちの処刑が確定した後、エベラ国との同盟破棄は決定的となり、侵攻に対抗するための大きな軍事力が必要となった。大半を貴族で構成された軍では到底足りない。国のために命を懸けて戦う国民の力を集結させるためには改革が必要だった。

冬の気配する肌寒い夜。

回復したギュンターが、ナーシャに決意を話した。

「俺はカタルシニア軍に入ろうと思う」

その時ナーシャは、ギュンターの背中を湯で拭いていて表情は見えなかったが、声の調子からそれが冗談でないのはわかった。

「……どうしてですか？」

それは、決して手放しで喜べる話ではなかった。

国にとっても、優秀な指揮官であるギュンターがこの危うい情勢の中、従属している国とはいえ他国へ渡るのは痛いだろう。

それに、折角生きて会えたのに、また離れ離れになるのは辛かった。

「俺は、この国軍にいても、たいした権限も持てないまま、指を咥えて見ている事しかできないからだ」

美しい筋肉の付いた均整のとれた背中がまっすぐに伸びた。

——指を咥えて？

「……何をですか？」

ナーシャが手を止めて尋ねる。

「このまま、ルトギニアが強大な軍事国に侵食されていく様と、貴女が様々なしがらみで動けないまま、他の男に好きなようにされる現実を、だ」

ギュンターが振り返ってナーシャを見た。

強さの中に憂いも込められた眼差しにドキリとする。

「前者はおっしゃっている事がわかります。けれど私が、他の誰に好きなようにされるというのですか？」

ランベルの取り計らいで、宮廷楽師としてまだバーソビアにいるが、いずれは出ていくつもりだったし、もはやランベルも、あれほどはっきり拒んだナーシャを愛妾とは思っていないだろう。

「貴女は甘いな……」

ギュンターがナーシャから麻布を取り上げ、その手を摑んだ。

「ランベルはともかく、国王の貴女への執着は類を見ない」

「……え」

「どうせならあのまま死んでくれればよかった。あいつは生きている限り、きっとまた貴女に迫る。修道院幽閉なんてまさに手の内の軟禁だ。今まで手に入らなかった女などいなかったのもあるだろう。飽きっぽいが、手中に収めるまでは夢中で追いかける」

ゾッとした。

――今は放置されているけれど、また姑息な手を使ってくるかもしれないということ？

青ざめるナーシャを見つめ、ギュンターが言った。

「他国に侵略され、弱体化しても、王政はすぐには崩壊しない。どんなに身体を張って貴女を守ろうとしても、俺は王族の前にひれ伏すしかない。一度、反逆の意を表した俺がのし上がるためには、ルトギニアを事実上支配しているカタルシニア軍で出世するしかないんだ」

「……ギュンター様は、ルトギニアを見限っているのですか？」

それは、ナーシャにとっては悲しい事だった。

「そうではない。いくら俺がゲルマニア出身だからといってルトギニアがどうなってもいいとは思っていない。以前の攻防戦の時からカタルシニア軍からは誘われていて、あちらの最新戦術を学ぶ事は、いずれルトギニアに戻った時に必ず役に立つだろうと、その時から考えていた」

「……そのお考えは変わらないのですね」

やはり、この人は根っからの軍人だと思った。

法が変わった今、いずれクワディワフ王が崩御し、ランベルに子が生まれない場合は、王位継承を迫られる時が来るだろうに、ギュンターにはまるでそんな気持ちはない。

「だから、ナーシャ、貴女にもカタルシニアへ一緒に来て欲しい」

ナーシャの手を掴む手に力を込める。

「何もかも捨てて、あちらで結婚しよう」

別れさえ覚悟していた直後のプロポーズ。

「ギュンター様……」

溢れそうになる涙は、もちろん嬉しさからだ。

けれど、ナーシャはギュンターの言うことが容易ではない事がわかっていた。しがらみという足枷をつけたまま、ただ好きだという気持ちだけを持って、海外へ流されるように旅立った後――。

言葉もわからない異国で、逃げてきた負い目を持って、己に自信もなくギュンターだけを頼って生きていくのだろう。

それに幸せを感じていられるのは、きっと一生ではない。もしかしたら、蝋燭の炎のように、燃え尽きる前に消えてしまうかもしれない。

――ギュンター様も同じだ。

ナーシャはしばし無言のまま、首を横に振った。

「ナーシャ……？」

ギュンターの声に不安が宿る。

「私は、ご一緒できません」

なるべく淡々と言ったのは、これを永遠の別れにしたくなかったからだ。

「なぜ？」

失望した漆黒の瞳はなおも暗い光を見せた。

「カタルシニアは、ルトギニアと同じ宗教を信仰していると聞きました。という事は、法律もほぼ同じ。王族以外は、既婚者との密通を許可されません。ですから、そこでも私たちはひっそりとしか生きられない、今となんら変わらないのです」

従国の王室の事情など、軍なら恐らく筒抜けだ。ギュンターはもちろん、ナーシャの事も世間が知っている可能性がある。

「私がギュンター様の足枷になるのは目に見えています」

いつだったか、この人が王位を継承する立場になるかもしれない、そう知った時も同じ考えに行きついた。

「今の俺の気持ちは、目先しか見えてない愚かで浅はかな感情だとでも言うのか？　あの時、俺に好きでいろと言ったのは貴女ではないか。言われなくても貫く自信はある。初めて、歪んだ残像を振り捨てて好きになったのだから。でも貴女は違うのか？　俺と一緒に居るより、今のまま、王宮で暮らす方を選ぶのか？」

ナーシャの肩を摑み捲し立てるギュンターの顔には怒りがあった。

「違います」

言葉足らずな自分が恨めしい。

ナーシャは、ずっと踏み切れないでいたその決意を口にした。

「どんなに手間と時間がかかっても、私は夫とちゃんと離婚したいのです」

ルトギニアだけでなく他の国でも、妻から申し出た離婚が成立することはほとんどない。妻の実家の借金を肩代わりした婚姻なら尚更だ。たとえナーシャを身売り同然に王宮に放り込み、優遇と援助を得ていたとしても、正当な理由がない限り裁判所は認めてくれない。

「俺が知っている限り、妻側の申請で離婚が成立したのは、夫の殺人並みの暴力が認められた場合のみだ。それでも数年かかった。たとえ周囲が口添えしても、ステファン伯爵の場合は小児性愛者である事を証明するのは難しいだろう」

ギュンターの口調には苛立ちも表れていた。カタルシニアに渡るなら、軍の改革が必須となった今しかない。それはナーシャにもわかっていた。

「それでも……」

ナーシャは、自身を激しく揺さぶるギュンターの手を、そっと肩から外した。

「成し遂げたいのです。そうやって自分を変えたいから」

今までは、親と夫に言われるがまま事を決め、王宮に来てからも、やはり流されるように翻弄されながら生活していた。

「ギュンター様が生きていてくださった事で、変わりたいと思う気持ちが蘇りました」

ここで音楽家として力をつけてから出ていくなどと甘い事はもう思わない。

音楽は、楽器さえあればどこでもできる。アントニのように流しの楽器弾きだって最低限の生活はできている。そうやって夫から自立し、実家へは自分の稼ぎで援助したい。その上でギュンターとも堂々と会っていきたい。

「だから、待っていて頂けますか？」

最後まで声を震わせることなく思いを伝えたナーシャを、ギュンターが抱き締めた。

「……わかった。俺も生き抜いて、のし上がって迎えに行く」

軍人である以上、死はつきものだ。

この不安定な世の中で、絶対的な平和などあり得ない。

けれど、ギュンターなら、どんなところからも帰ってきてくれるような気がする。その力強さに、ナーシャは出会った時から惹かれていた。

〝迎えに行く〟

その言葉が嬉しくて、我慢していたものが溢れそうになり、ナーシャは思わず俯く。

ギュンターが手を伸ばし、ナーシャの後頭部の髪留めを外すと、長い髪がぱらりと落ちて顔の周りを隠した。ギュンターはそれを、まるでベールを上げるように両手でかき上げ、そっと唇を合わせてきた。

誓いのような口づけから、二人は自然と寝台の上に重なる。

ギュンターが唇を強く吸いながら、焦れたようにナーシャのドレスと肌着を同時に脱がしていく。以前のように脱衣のすべてをギュンターに任せるのではなく、ナーシャ自ら手を添えた。

あっという間に生まれたままの姿になって、ギュンターの恍惚とした視線に晒される。ナーシャも久しく見るギュンターの裸体に見とれていた。そしてやはり、ナーシャの目線はある場所へ向けられる。

完全に塞がってはいても、ギュンターの傷跡は痛々しかった。

「触れても構いませんか？」

素肌で絡み合いながら、ナーシャはそっと、弾痕に手を伸ばした。

「手当てでいつも触っていたのに？」

ギュンターが優しく這うナーシャの指先を見つめる。

えぐられて、再生し盛り上がった皮膚は、少しだけ柔らかいような気がする。

これは一生残るのだろうか？　それとも、あと数年もすれば消えるのだろうか？

今度逢った時にはどうなっているだろうか？

「では、口で触れてもいいですか……？」

ギュンターが答える前に、ナーシャはそこへキスをした。でもやはり少し怖くて、唇をずらし彼の胸の頂を舐める。

するとギュンターがピクリと動いた。

男の人もそこが感じるのだとわかったナーシャは、彼にされていたようにしつこく吸ってみた。

次第に息遣いが荒くなってくるギュンターを見上げて、唇を離す。

「……気持ちいいですか？」

「あぁ……困るくらいに」

自分の愛撫で感じてくれるのが嬉しくて、ナーシャは色々なところに唇を移動させる。

臍や、痩せて引き締まり少しずつ浅黒くなっていく下腹部、段々濃くなっていく茂みにも舌を這わせた。まるで、今までと入れ替わったみたいに。

再び、ギュンターの身体が大きく反応したのは、硬くなった塊に触れた時だ。

挿入する前に触れた事などないから、こんなものが自分の中に入っていたのだと思うと、人体の伸縮性に感心せずにはいられない。それを恐る恐る口にした。

——自らする日が来るなんて思わなかった。

クワディワフに無理やり口を割られそうになった時は嫌悪で吐き気さえしたのに、今は平気だった。

ナーシャが深く吸い込むと、ギュンターが甘い声を漏らす。

それをもっと聞きたくて、反応を見ながら舌も使って色んな角度から愛撫した。

何度もしているうちに、「もう、無理だ」と、ギュンターから顔を離され、上に引っ張り上げられる。

「凄いな。俺は何もしてないのに、もう準備ができている」

自然とギュンターに跨がる姿勢になったナーシャの秘部は確かに濡れていた。それが伝って彼を汚しているのを見ると、羞恥のあまり彼の身体から下りたくなる。

それを察知したのか、ギュンターはナーシャの腰を掴んで欲棒を秘芽に擦りつけた。

「おいで」

包み込むような優しい表情に誘われ、ナーシャはゆっくりと腰を落とす。

痛みもなく入っていく圧。

ギュンターが愉悦に浸った目をした途端、それは急に奥へと突き進められた。

「あ………」

ズンと何度も突かれて、ナーシャも声を漏らす。

下からの揺さぶりが激しさを増すと、声の乱れも大きくなった。

「こんなに眺めの良いモノはない……」

荒い息継ぎの間に、ギュンターが目を細めながら、大きく揺れる胸と喘ぐナーシャの顔を見つめて言った。

それが恥ずかしくて、ナーシャは体を倒して、胸がつぶれそうなほどギュンターの首に強く抱きつく。できたら、ずっとこうしていたかった。

「これも悪くないかな」

しばらくその状態で、ギュンターが臀部を浮かせては突き、またナーシャに甘い吐息を吐かせる。キスをしながら回転すると、今度はギュンターが上になった。

「ナーシャ……」

薄明かりの中、伸びてしまった髪のせいで、中性的な美を魅せるギュンターが、少しだけ苦しそうに名前を呼んだ。

「本当に大丈夫か？」

「何が、ですか？」

「俺が居ない間……」

あんなに肌寒かったのに、彼の額から汗が落ちた。

ギュンターの言いたい事は漠然としか捉えられなかったけれど、ナーシャが頷けば、「貞操だけではない」と、彼女の背中に両腕を回して続けた。

「貴女の住む町だって、このバーソビアだって、いつ戦災に遭うかわからない。もしかしたら敵は、他国兵ではなく、暴動を起こすルトギニアの民になる可能性もある。離婚の申し立てを起こした貴女に世間が中傷の刃を向ける事だってあるかもしれない。その時に守ってくれる人間がいないのは、とても心配だ」

すぐに自分が駆けつけられないから不安だと、そう言った。

ナーシャは、そんなギュンターが愛しくてたまらない。

髭を剃ったばかりのツルツルの顔を両手で包んで笑って答えた。

「……そんなに心配していたらきりがありませんよ」

戦災に遭う可能性はどこに居てもある。

だが、たとえ革命が起こり民が暴動を起こしたとしても、その時には自分はバーソビア王宮には居ないだろう。

それに、中傷ならここで随分と鍛えられた。

戦地で軍人がそうであるように、これからは女も強くなくてはならない。

「私は、貴方のようになりたい」

汗で湿った髪をかき分け、ナーシャはギュンターにキスをした。

「……俺みたいな女は、ちょっと、嫌かな」

唇を離し、ギュンターが眉間に皺を寄せて言うから、おかしくて噴き出した。

「それもそうですね」

「そこは否定しろ」

繋がったまま笑っていたら、中の猛りが急に激しく動き出した。

「そんな事を言ったら萎えるだろ」

ギュンターがナーシャの臀部を持ち上げ奥まで突き進み、これ以上入り込むのは無理だろうと思うところでもがく。

「ん、ぁ、あぁ、……ッ……は……」

打ち付けられる振動に合わせて、熱い息遣いと喘ぎ声も小刻みに揺れていく。

中での蠕動が激しくなり、ギュンターが顔を上げて呻いた。

子宮内が圧迫された直後、それがすぐに弾ける。

ドクドクと中で脈打つのを感じながら、また頭の中が真っ白になった。

汗だくのギュンターがなだれ落ちてきて、ナーシャの身体を抱き締める。

歓びと不安が入り混じった余韻は、じんわりとナーシャの瞳を濡らした。

――これが最後じゃない。

そう心で言い聞かせ、まだ息を切っているギュンターの背中にそっと手を回した。

＊＊＊

陽の出から一時間ほど経った朝。ナーシャは身支度を終えていた。

この時期にしては暖かい朝だったが、窓から見た外は濃い霧に覆われていて、朝日は所々しか射さず視界を悪くしている。

遠くから、敷石を走る車輪の音と蹄の音が聞こえてきた。

「ナーシャ様、馬車のご準備ができたそうです」

同じ様に身支度を終えたエヴァが教えてくれ、ナーシャは王宮入りした時と同じ量の荷物を両手に持ち、外へ出た。

「なんだか嫌な天気ですね」

エヴァが空を見上げる。

「そうね……もう少し明るくなってからがいいかしら」

朝露がびっしりと付いた芝の上を歩いていると、庭師のルノーが駆け寄ってきた。

「ナーシャ様、行かれるのですね」

「ええ。今までお花の事を色々と教えてくださってありがとう」

「とんでもない、……いや、それにしても、もうナーシャ様の笑顔を見られないかと思うと寂しくなります」

それはナーシャも同じだった。彼の造る見事な庭園には、ここに居る間ずっと癒やされてきた。彼とは純粋に花の話しかしなかったが、色んな人間関係に疲れていたナーシャにはありがたかった。

「旅の途中で枯れてしまうかもしれませんが、道中のお供に持って行ってください。珍しい色が付いたのです」

ルノーが差し出した薔薇の花束は、見事な黄金色をしていた。

「綺麗……」

ここでは様々な色や模様をした薔薇を見てきたが、この色は初めてだ。

「薔薇の花言葉をご存知ですか？」

ルノーが微笑んで尋ねる。

「ええ、〝愛〟でしたか？」

あまりにも有名なそれを聞かれてナーシャは首を傾げたが、色や本数でも違うのかもしれない。

「実は部位にもありましてね、たとえばここなら……」

ルノーが深緑の葉を指して教えてくれた。

「〝あなたは希望を持ち帰る〟」

ナーシャはハッとしてルノーの顔を見た。

「きっと、諦めなければ、ナーシャ様の望む未来になりますよ」

目元の皺が思い切り下に弧を描く。

年齢でいうと、祖父ほどの男性だったけれど、ナーシャは亡き父に似た温もりをルノーから感じていた。

お別れをしていよいよ馬車に乗り込む時、名前を呼ばれ、ナーシャは振り向いた。

「ランベル様……」

戦地から戻ってきてからは、事実上、国王の仕事をこなしているランベルだった。

付き人なしで現れた王太子を前に、御者もエヴァも跪く。

「こちらが用意した馬車の方が寛げただろうに。ドレスも装飾品も、ほとんど置いて行くなんて、君は失礼にもほどがあるよ」

言葉とは裏腹に、ランベルの顔は穏やかだった。

「申し訳ありません」

出ていく決意を話した時にすでにお別れの挨拶を済ませていたので、まさかこんな朝早くにランベルが見送りに来るなんて思っていなかった。

「こんな憂鬱な日に、居なくなってしまうとは……」

深い溜息をつくランベルの気持ちはナーシャも察していた。

今日は、緊急議会があり、それに彼が国王代理として出席するのだ。議会出席はクワディワフが倒れてからも幾度かあったが、本日の議題はことさら重大な内容だった。

「立憲君主制を受け入れるか否か、ですよね」

ギュンターが言っていた、国のために命を懸けて戦う兵士を集めるには、避けられない改革だった。

「そう。俺の心は決まっているけれど、やっぱり利権を失う階級の者は反発している」

前途多難だよ、と笑ったランベルの顔は、出会った時に感じた弱々しさはなかった。

「ギュンターもカタルシニアに行ってしまったんだ。まだ伯爵との離婚は成立していないが、君を諦めないで待っていたら、ダメかな？」

名残惜しそうに話す彼は、いずれ、性的不能を克服するための手術を受ける事も決めていた。

ナーシャは、遥か遠い国へ旅立っていく渡り鳥の鳴き声を聞きながら、にっこりと笑って答えた。

「ごめんなさい」

ランベルは決して怒らなかった。

「うん。その謝り方は合格だ。そしてなんて極上の笑顔で言うんだよ。悪魔だな、君は」

二人は笑ってお別れをした。

あんなに視界を遮っていた濃い霧は、バーソビアを出る頃には消えて、ナーシャの瞳に美しい王都の姿を焼き付けてくれた。

きっと、もうここに伯爵夫人として来る事は無いだろう。

たとえ訪れても、その時はアントニたちのように流しの楽器弾きとして、音楽会に出る時かもしれない。

自ら歩んで描く未来は、この晴れた空のように明るい。

ナーシャは馬車の中で、ギュンターから届いた手紙を読み返し、便せんに染み付いた甘い香りを嗅いだ。

【エティ】

——私を見つけて。

エピローグ

もの凄い熱気だった。

多くの民が、王太子の婚礼を祝うために、バーソミアへ集まっていた。

ランベルは手術によって不能の問題を克服し、ルトギニア国内から妃を迎えていた。

「見たか？　可愛らしい妃だったな」

「しかし、王族でも何でもないらしいぞ。世の中、変わったものだ」

馬車で祝賀パレードをする王太子たちを一目見ようと、王都は人で溢れ、休暇で訪れていたギュンターは、歩きながら何度も人にぶつかった。

「落としましたよ」

落ちた新聞を拾い上げたが、相手は面倒臭そうにして受け取らなかった。

「それ、昨日の新聞だからいらないよ」

その男は馬車を追って足早に去って行き、ギュンターは見出しの、【ランベル王太子ご成婚へ】という記事に軽く目を通した。

【元妃の処刑を乗り越えて三年】

——そうか。もうあれからそんなに経ったのだな。

時の流れを感じずにはいられない。

ギュンターはカタルシニア軍へ移った後、幾度かの大きな戦いを勝利に導き、その軍功で中将に任命され、更なる昇進も約束されていた。

宣言通り他国でのし上がり、ルトギニアの王族を前にひれ伏す必要はなくなったのだ。

その三年の間に、ギュンターを追い詰めたクワディワフ王は、暴飲暴食が祟ったのか心臓の病を悪化させて、現在は、ほぼ寝たきりで政務にも関与していないという。

裏側に小さく掲載された記事、【ステファン家　離婚訴訟・元王太子愛妾の妻　勝訴】も読んだ。裁判中にステファン伯爵の小児性愛が露見し、彼の失脚について議会で議論されることになるだろう、そして、没収された広大な土地は、ウォンチニスキ家を含めた貴族に分配されるだろうと書かれてあった。それを書き上げた記者の名前を見て、思わず鼻で笑ってしまう。

【ケアン・トゥーゴ】

——どうやら少しはまともな記事を書くようになったらしい。

人混みは続いた。

いくら進んでも、目的の宿舎までは辿り着かない。

春とは言え、これだけ密集すれば熱がこもって夏のような暑さになる。他人の臭いなど気にしない質(たち)であったが、今日はそれが鼻について仕方なかった。

髪の匂い、体臭、食べ物、酒——あらゆるものがギュンターの鼻孔をくすぐる。

その中で、惹かれる香りに気づく。

——これは……。

注意深くその匂いを辿る。

——この甘い、春のような花の香り……。

【エティ】

昔、ギュンターが愛しい人に贈った香水の匂いだった。

見ると、野次馬の後方で背伸びをして王太子の馬車を見送る女性がいた。

麻のワンピースに大きな麦わら帽子、飾り気のないローファー、一見、農婦かと思ったが、隠しきれていない品の良さや清楚な横顔は、やはり、愛しいあの人だった。

「ナーシャ」

声をかけると、彼女は目を丸くしてギュンターを見た。

「ギュンター様……」

少々、日に焼けていたものの、シミ一つない美肌が赤くそまっていく様に歓迎の意思を感じて、ギュンターはすかさず彼女を抱き締めた。

「戻っていらしたのですね？」

ナーシャの声が震えている。

「あぁ。しかし、誰かと思った。変装のつもりか？」

「いいえ。近頃はいつもこのような服を着ていますよ。それにしてもよく私だとわかりましたね」

まだ新聞に載ってしまうほどナーシャの動向は注目されていたから、変装とまでいかなくても、ひっそりと生活しているのだろう。貴族の娘だとは思えないいでたちは、それはそれで愛らしかった。

「俺は、貴女が何を着ていても、どこに居ても見つけてみせる。必ず」

本能で、と付け足した彼の腕の中で、ナーシャがふふっと笑った。

「この香りで、でしょ？」

彼女がポケットから取り出したのは、ギュンターが毎月送っていた手紙だった。

それには、必ず【エティ】の香りを染み込ませてあり、持っている限り、どこに居ても彼女の居場所がわかるほどだった。

「これに変な男が吸い寄せられないか心配だったけどな」

「今のところそんな変な人は、ギュンター様、貴方だけです」

微笑んだナーシャの目尻に真珠のような雫がきらりと光っている。

ギュンターはあまりにも綺麗なそれを指先ですくう。

「……ならば良かった」

顎を摑み、人目も憚らず、ナーシャにくちづけをした。

腕から伝わる柔らかい感触に刺激され、更に突き進みたくなる衝動に駆られる。

それをなんとか抑えたギュンターは、ゆっくりと唇を離して言った。

「さすがにここでは貴女を抱けない。連れ去ってもいいか？」

頷いたナーシャが、ギュンターの首に両腕を回し、再び唇を重ねてきた。

情熱的でとても長いキスだった。


その数日後、二人はカタルシニア行きの船に乗っていた。

海風に晒されるデッキは少し寒いくらいだったが、ナーシャが海を見ていたいと言うので、長い時間そこに留まった。

雲のない空と、それより少し暗い色をした海の上を、渡り鳥が鳴きながら飛んでいく。

夕方になると、どこもかしこもオレンジ色に染まり、それはいつか丘から見渡した、眩い王都を思い出させた。

——あの時、こんな日が来るとは思っていなかった。

腕の中に収まるナーシャの鼓動が、ギュンターの音と重なる。

——やっと、独占できる。

ギュンターは今までで一番満ち足りた想いで、ずっとナーシャを抱き締めていた。

あとがき

初めまして。光月海愛（こうつきみあ）と申します。

『背徳の恋の旋律』を最後までお読みくださりありがとうございます。

今回、ソーニャ文庫さんと魔法のｉらんどさんのコラボ企画・短編小説コンテストが御縁で今作を出版していただきました。長い間、ｗｅｂ小説サイトでしか書いた事がなかったので、はじめは『できるかな』と不安だったのですが、編集者様の「大丈夫です」という心強い励ましと丁寧なご指導のお陰で書ききる事ができました。ハッとするようなアドバイスもありがとうございました。お話自体は、ソーニャさんの特徴でもある、「歪み」「執着」は薄めであったと思いますが、背徳な関係であっても、ヒーローの愛情でヒロインが成長する心情や姿を描けたのではないかと思っています。

そのやや儚げで背徳なイメージを、ご多忙の中、美しく繊細かつ艶やかなイラストで表現してくださった緒花（おはな）先生にも感謝でいっぱいです。

そして、本作に関わってくださった全ての方に、この場をお借りしてお礼申し上げます。

本当にありがとうございました。

光月海愛

この本を読んでのご意見・ご感想をお待ちしております。

◆ あて先 ◆

〒101-0051
東京都千代田区神田神保町2-4-7 久月神田ビル
㈱イースト・プレス　ソーニャ文庫編集部
光月海愛先生／緒花先生

背徳の恋の旋律

2021年6月6日　第1刷発行

著　者　光月海愛
イラスト　緒花
装　丁　imagejack.inc
DTP　松井和彌
編集・発行人　安本千恵子
発行所　株式会社イースト・プレス
〒101－0051
東京都千代田区神田神保町2－4－7 久月神田ビル
TEL 03－5213－4700　FAX 03－5213－4701
印刷所　中央精版印刷株式会社

ISBN 978-4-7816-9696-6
定価はカバーに表示してあります。

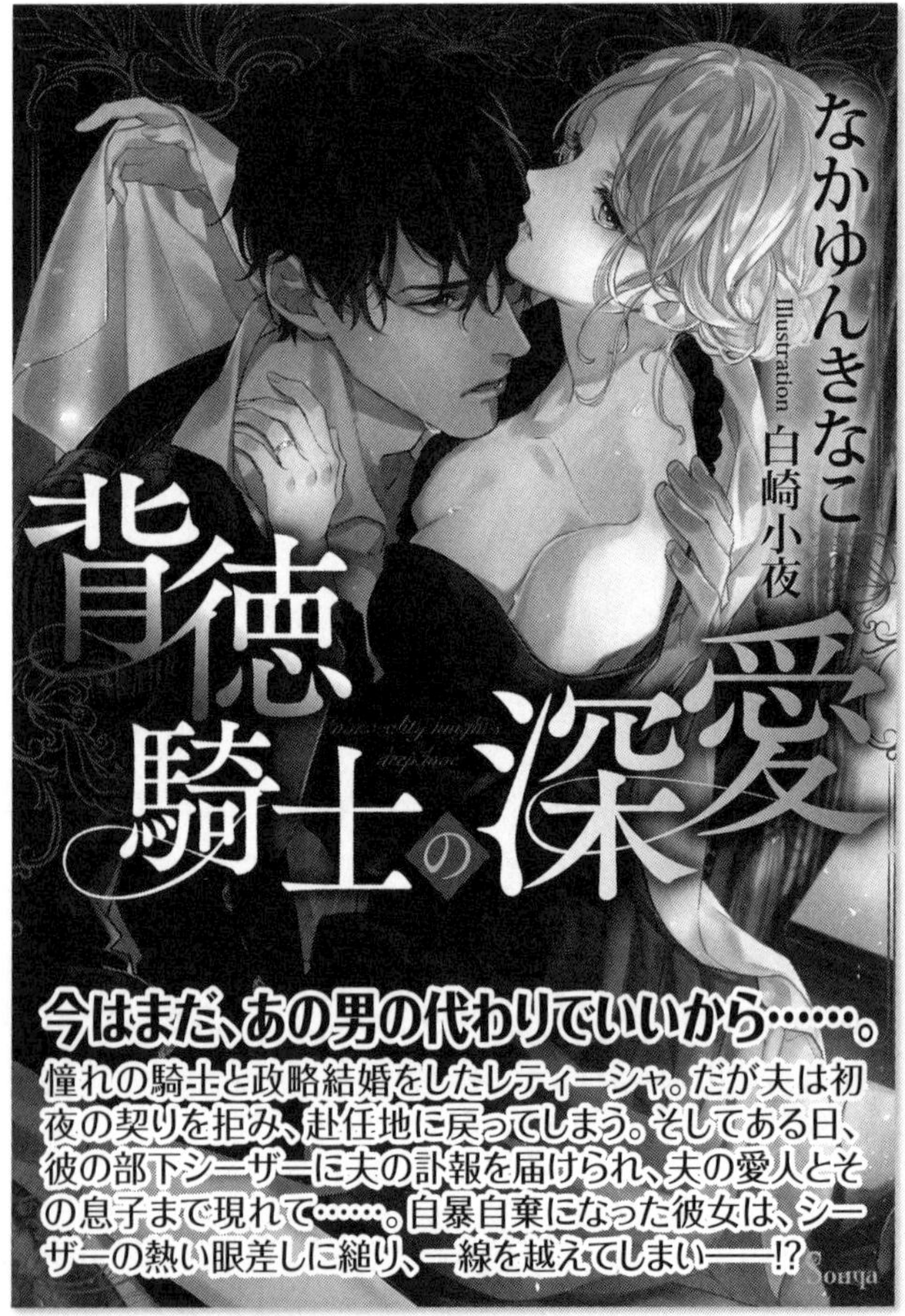

『背徳騎士の深愛』 なかゆんきなこ

イラスト 白崎小夜